僕の中の
友人達の姿を残したいって
気持ちが満足するまで、
今回は彫ると決めた。
JN116174
Acer
エイサー

即ち、どこで最期の時を迎えるか。
エルフらしさとは無縁の物言いに、
僕は思わず笑ってしまう。
Airena
アイレナ

「アイレナは、
一体どこで眠りたい？」
「ここが良いです。
土の上よりも、
ベッドの上の方が気持ちいいですから。
それにここの方が、
エイサー様とゆっくり過ごせます」

CONTENTS

転生してハイエルフになりましたが、スローライフは120年で飽きました

8

Rarutori
らる鳥
ILL. Ciavis
しあびす

STORY

平穏な時を過ごしていた
エイサーのもとに黄金竜が訪れる。
南の大陸で多くのハイエルフが
人間に殺されたのを契機に、
黒檀竜が世界の終焉に向けて動き出したと聞き、
エイサーは阻止するべく黄金竜に乗って洋上に向かう。
そこで黒檀竜を目覚めさせたハイエルフ、
リリウムと対峙する。
一時は窮地に陥ったエイサーだったが、カエハの剣技と
精霊となったサリックスらの助力で彼女に勝ち、終焉は免れた。
アイレナとパンタレイアス島に移り住んだエイサーは、
ヨソギ一刀流の高弟が起こした人斬り事件の収拾をつけた後、
ウィンに呼ばれ皇帝選定の裏で
彼の実の娘であるソレイユを預けられる。
家族として可愛がり育てていたが、黄古帝国からやってきた
道士からソレイユに仙人の適性があると告げられ、
悩んだ末に彼女は仙人を目指すことを選び旅立っていった。
そして南の大陸に向かい、長老となっていた
リリウムに話を通し、復興の算段を立てるのであった。

CHARACTER

長蛇公

黄古帝国を治める仙人の一人。
金儲けが得意。

Chodako

エイサー

千年の寿命を持つ
自由奔放なハイエルフ。
精霊に近づいていることを
自覚している。

Acer

シャニー

ハーフエルフの冒険者。

Shani

アイレナ

エイサーのパートナー。
代表を退いた後も
エルフのキャラバンを
支える。

Airena

ソレイユ

エイサーと
アイレナが育てた
ウィンの実子。
黄古帝国で
仙人の弟子となる。

Soleil

転生してハイエルフになりましたが、スローライフは120年で飽きました

第一章
得ず、与えず、されど何かが残る旅路

忙しくても、持て余し気味でも、楽しくても虚しくても、歩みを止めずに時間は流れる。

早く感じたり、逆に遅く感じたりする事はあっても、決して止まりはしない。

南の大陸への支援には、初期は僕やアイレナが中心となって動いたけれど、百年も経つ頃には向こうも大分復興し、単なる支援ではなく商取引の側面が強くなって、僕らの役割は終わった。

今後も南の大陸とはエルフのキャラバンが商取引を通じて、エルフの存在感を示し続けるだろう。

正直、準備に関しては色々と苦労した思い出が多いのだけれど、実際に支援が始まると、北と南の大陸を行ったり来たりして、忙しかった事くらいしか覚えていない。

物事なんて始まるまでは大変でも、いざ流れ出せば勢いのままに過ぎ去る。

もちろんトラブルは皆無じゃなかった筈なのだけれど、思い出すような事じゃない。

敢えて何か一つ挙げるなら、大きな堤防を造ったのは、派手だったし、ちょっと楽しかっただろうか。

まぁ、そんなものである。

故郷の深い森を出てから三百五十年。

僕はもう、五百歳になっていた。

ハイエルフとしての長い時間も、気付けば既に折り返しに入る。

尤もその後も精霊として存在をし続けると知ってるからか、あまり何の感慨も湧かないけれども。

果たして僕は、森を飛び出した頃と比べて、どのくらい成長できてるのだろう。

あの頃の自分を思い出すと随分と酷かったから、多少はマシになってると思いたいが、しかしあんまり変わっていないような気もする。

ただ、僕の変化は些細でも、北の大陸に起きた変化は大きかった。

まずは、そう、……僕にとって最も思い出の多い国といって間違いのない、ルードリア王国はもう存在していない。

以前に、東中央部の情勢を説明した時は、ダロッテが大きく領土を増やしてルードリア王国と争いになった辺りまでを述べた気がするけれど、あの後も戦いは頻繁に起きた。

ダロッテに対してルードリア王国は戦いを優勢に進め、領土を削り取って力を増す。

でもそれで主に力を増したのは、ルードリア王国の王家ではなく、矢面に立って戦った東側に領土を持つ貴族達だった。

以前にルードリア王国の東側では貴族の大規模な粛清が起こっていて、古くからの貴族家というのがあまり多くは残っていない。

その代わりと言っては何だが、ダロッテとの戦いの矢面に立たせるべく、ルードリア王国では武に関して功績があった者を多く取り立てて、東側の領地を与えて貴族としている。

例えば、そう、ヨソギ流の本家を、貴族としてのヨソギ家としたように。

そうした新興の貴族は武家とも呼ばれ、武功を以て取り立てられただけあって、戦いに関しては巧みな者も多く、ダロッテとの戦いでは大いに活躍したそうだ。

彼らは兵力を増強するだけでなく互いの結び付きを強め、協力してダロッテの侵攻を挫き、逆に攻め入って領土を削り取る。

もしも武家の力がなければ、ルードリア王国の東側は、ダロッテの略奪で荒らし回られていたかもしれない。

だが新興貴族がダロッテに対して勝利を重ねた事で、彼らは力を強め過ぎた。

それまで王家と古い貴族家だけが回していたルードリア王国の国政に、口を挟めるようになるくらいに。

もちろん、ルードリア王国の王家、古い貴族家も、新興貴族の台頭には様々な手段を講じただろう。

しかし先程も述べた通り、ダロッテに対して優位に戦いを進めているのは武家の力に依るところが大きく、彼らを排除してしまう訳にはいかない。

その結果、行われたのは中途半端な新興貴族への締め付けであり、王家や古い貴族家と、武家の間には深い溝が生まれる事になる。

王家や古い貴族家からすると、武家は歴史あるルードリア王国の在り方を揺るがす成り上がり。

武家からすれば、王家や古い貴族家はダロッテとの戦いの足を引っ張る事すらある愚か者。

尤も武家は、やはり王家によって取り立てられた新しい貴族であり、そこに対しては恩がある。

だからある時を迎えるまで、ルードリア王国には深い溝が刻まれながらも割れてしまう事はなく、戦いには勝利を重ねて、大国の威を示し続けた。

けれども……、今から二十年くらい前の話になるのだけれど、ルードリア王国は次代の王を誰にするかで、古い貴族家と武家の間で対立が深刻化したのだ。

第一王子は身体が弱く、跡を継ぐ事が難しい。

この事が長子継承の前提を揺らがせる。

第二王子は文治の気質で、争いを嫌ってダロッテとも講和の道を模索できないかと唱えた為、古い貴族家には支持されたが武家の反発を受けた。

第三王子は真逆に、将としての才を戦争で示し、武家からの支持が厚い。

但し第三王子には王位を狙う心算がなく、第一王子が王となっても、第二王子が王となっても、一人の将としてそれを支えると常々口にしてたという。

だがその第三王子が、次代の王が決まる前に、不審な死を遂げてしまう。

戦場ではなく王城で、外傷による死ではなく、口から大量の血を吐いて。

王家は第三王子は病による死だと発表したが、武家はそれを信じず、古い貴族家が毒を盛ったのだと主張した。

それを受けて、古い貴族家は武家こそが、自分達を攻撃する口実を作る為に、彼らに対して甘かった第三王子を殺し、その死を利用してると罵った。

実際のところ、第三王子の死の理由は不明のままである。

僕の個人的な考えだけれど、恐らくは本当に病だったんじゃないかと思う。

ただ人間は、自らの考えこそが事実だと思い込む生き物だ。

いや、そうじゃない人間も大勢いるけれど、少数の意見なんて搔き消すくらいに、真実よりも自らの頭の中の事実を信じる者が、その時は多かったのだ。

故に第三王子の死をきっかけに、元々溝のあったルードリア王国は、あっさりと割れてしまった。

古い貴族家は、ルードリア王国の長い歴史の中で、王位継承に不具合が生じた場合でも、国を割らずに解決する術を学び心得ていた筈だ。

でも武家は、武には長けてもその辺りの知識や経験には欠けている。

敵を討たねば自らが討たれるとの恐れもあって、武家は泥沼の戦いの末にルードリア王国を割って滅ぼした。

その後は、誰が割って滅ぼした国の後釜に座るかで更に割れて、彼の地は小国が割拠する状態になっている。

あぁ、そしてそのルードリアの地を割拠する小国の一つは、名をヨソギの国という。

尤も僕はヨソギの国の成立には関わってないから、詳しい事情は殆ど知らない。
ルードリア王国の貴族となってたヨソギの本家とは、僕はもう殆ど関係を持っていなかったし、南の大陸への支援に赴いていた関係上、北の大陸には良くて何年かに一度、下手をすれば十年以上

も戻らない事があったから。

縁遠くなったヨソギの本家に起きる変化を、外から眺めてるだけだったのだ。

但しヨソギの国ができてしまった事による影響は、当たり前の話だけれどヨソギ流の全体へと及ぶ。

ヨソギの国が興ったと知って、僕が向かったのは、懐かしのヴィストコート。

この地はルードリア王国の滅亡によって、やはり新たに興ったルランタ国の領土となった。

ルードリアの地を割拠するヨソギの国とルランタ国の関係は、決して良好とは言えないだろう。

するとヨソギの分家の一つであったヴィストコートの道場は、恐らくは今、非常に危険な立場におかれてる。

当たり前の話だが、剣術の道場という武装集団が、敵対するかもしれない国の王家の分家筋だなんて意味の分からない状況を、ルランタ国が放置できる筈がない。

もちろんヴィストコートの道場は、あの地に二百年以上も根付いてるから、その排除は決して簡単ではないとは思う。

しかしその事が、より一層にルランタ国の警戒心を掻き立てるであろう事は、想像に難くなかった。

今、ヨソギ流の剣士は、多くがヨソギの国へと合流してる。

何しろ強力な縁故で立身出世を果たせる、二度とはないだろうってくらいに大きな機会であるし、

……何よりもヨソギの国ができた今、ヴィストコートでなくとも近隣の国でヨソギの名を使い続け

る事は、些か以上にリスクが高かった。

この百年、二百年でヨソギの流れを汲む道場は幾つか増えているけれど、ヨソギの国への合流という形で、再び統合されるのかもしれない。

ただ、ヨソギ一刀流に関しては、門下生の大半はヨソギの国へと向かったが、当主の一家はパンタレイアス島へと移住して、新たな道場を建てる事を希望しているそうだ。

大陸から離れた交易の中継地点として栄えるパンタレイアス島に道場を構える事で、今度はルードリアの地だけでなく、北の大陸の全てにヨソギの剣技と刀を広めたいのだとか。

そして何時の日にか、遥か昔にヨソギ流が出て行かざるを得なくなった島、扶桑の国にもその名が届くようにと。

何というか、あぁ、それは実に素敵な野望だと僕は思う。

さて、ヴィストコートの道場は、一体どんな道を選ぶのか。

ヨソギの国へと合流するなら、きっと当主の一家は丁重に扱われて、貴族としての地位を得る筈だ。

全く別の道を選ぶ可能性もあるけれど、それでもヴィストコートは離れる事になるだろう。

あぁ、いずれにしても、僕の相談役としての役割も、そろそろ終わりの時が近いのかもしれない。

辿り着いたヴィストコートは、古くからの面影を残す姿で僕を出迎えた。

ルードリアが滅亡した際、武家と古い貴族家が争って、被害を受けた町も少なくはないのだけれど、このヴィストコートはその戦禍を免れた様子。

でもそれは幸運というよりも、プルハ大樹海の傍らにあるこの町は冒険者の数も多くて守りが堅い。

また下手に戦渦に巻き込めば、大樹海に巣食う魔物を刺激して、最悪の事態を引き起こしかねないと誰もが恐れた結果だろう。

魔物は人の脅威であり、世界の終焉(しゅうえん)を引き起こす切っ掛けとなる要素だけれど、その存在が必ずしも悪影響ばかりを及ぼすとは限らない。

この世界には、魔物の脅威があるからこそ成り立つ平和も、確かにあるのだ。

門を抜け、通りを歩いて、ヴィストコートのヨソギ流の道場を目指す。

道を行き交う人々の表情には、不安の影が差している。

大国だったルードリア王国が滅び、この地を所有するのはルランタという小国になった。

ルードリア王国は、プルハ大樹海の魔物に対する防波堤としてヴィストコートに手厚い支援を行ってきたが、ルランタ国に同様の支援は望めぬだろう。

いやそれどころか、この町にいる魔物と戦う為の冒険者を、兵力として徴用する可能性も皆無じゃない。

余程に追い込まれなければそんな真似はしないと思いたいが、時に人は後先を考えない真似もする。

町が戦禍を免れたからといって、人々の暮らしに、以前のような安心感はなかった。

僕は迷う事なくヴィストコートを歩く。

古い町は、長命の生き物によく似てると、僕は思う。

建物が増えたり、壊されたり、新しい道が通ったりして、町も少しずつ姿を変える。

長く目を離していると、まるで別の町に来たかのように感じる事もあるだろう。

だけどそれでも、面影はどこかに残るのだ。

子供が大人になる程の変化じゃなくて、青年が壮年に、壮年が中年に変わるような、緩やかで穏やかな変化だから。

尤も、このヴィストコートにはヨソギ流の道場があったから、当主が代わる度、十年か二十年、長くても三十年に一度くらいは訪れているのだけれども。

今回の来訪も、確か十二年ぶりくらいになる筈だった。

今のヴィストコートの道場主の名は、マカツ・ヨソギ。
実は、新たな当主として顔を合わせた当時の彼への評価は、正直に言って然程に高い物ではなかった。
ヨソギ流は剣術の流派だが、ヴィストコートの道場は冒険者に寄り添う姿勢が強く、今では槍や弓、その他の武器の扱い方や体術に関しても教えてる。

同じくヨソギ流の分家ではあるけれど、刀に回帰したヨソギ一刀流とは、真逆の方向に走ったのがヴィストコートの道場だ。

そしてマカツは、片手剣も両手剣も、槍や打撃武器、弓に盾の扱いも、どれも不得手がなく、逆に言えばどれも得意がなく、満遍（まんべん）なく扱える剣士だった。

いや、もはやそれを剣士と呼ぶべきなのかは、僕には少し疑問だけれども。

個人的な事を言うならば、僕はヨソギ流の剣士にはやはり剣の類を得手として欲しい。

何故（なぜ）なら僕自身がヨソギ流の剣士であり、剣技に対しての拘（こだわ）りがあるから。

尤もこれは先程も述べた通りに個人的な思いであり、マカツを高く評価しなかった事とは、あまり関係はない。

これまでにもヴィストコートの道場主には、剣よりも実は他の武器を得手とする者が、幾人かはいたし。

ただマカツは、剣だけでなく他の武器も特に得手とする物がなかった。

もちろん、別にそれらを扱う技術が低い訳じゃない。

技量の足りぬ者が道場主に選ばれる筈もないだろう。

マカツはヴィストコートの道場で扱う全ての武器にそれなりの技量を示しながらも、飛び抜けた物を何一つとして持たなかった。

つまりは全てが無難だったのだ。

武器の扱いだけでなく、道場主としても。

実力、性格、指導力、全てが無難で、及第点。

際立った何かはなく、目立つ欠点もない。

無難だからこそ当主となる事に反対はしないが、無難であるが故に高い評価もしなかった。

それがマカツ・ヨソギという、今のヴィストコートの道場主だった……、筈なのだけれど。

道場に到着し、マカツの対面に座した僕は、思わず目を細めてしまう。

何故なら今の彼は、燃え盛る炎のような熱量を、周囲に向けて発散していたから。

あぁ、それは当然比喩であって、実際に熱を放ってる訳ではない。

だがそう錯覚するくらいに、今のマカツは強い気迫を纏（まと）ってる。

以前の彼とは、まるで別人のように。

当主として過ごした十二年が、マカツを成長させたのか。

或（ある）いは、人の中には窮地に追い込まれる事で真価を見せる者もいる。

マカツがそのタイプだとしたら、今、この状況が彼の真価を引き出したのか。

ちなみに、恐らく僕は真逆のタイプで、平時はよくとも窮地には弱いだろうと自分では思う。

何故なら、大抵の物事は僕にとって窮地じゃないから、長く生きている割には本当の窮地に遭遇した経験が極端に少ない。

それ故に本物の窮地に陥ったなら、焦りや思い込みで判断を誤りかねなかった。

長く冒険者をやってたアイレナは、平時も窮地も変わらず最大限の力を発揮できるみたいだけれども。

「相談役殿のお心遣い、感謝の念に堪えません。されど我らに、この町を退去する意思はありませぬ」

僕がヴィストコートの道場を訪れた用件は、彼らがこの町を出る心算なら、ヨソギの国であっても別のどこかであっても、そこまでの護衛を務める為だった。

仮にマカツ達がヴィストコートを出たとしても、ルランタ国がそのまま見逃してくれる可能性は高くない。

確かにヴィストコートの道場は、ルランタ国にとって燻る大きな火種だ。

しかしマカツが門下生を率いてヨソギの国に合流すれば、少なからぬ戦力が敵対国へと移る。

マカツ達が町を出た事を口実に、捕縛、殲滅を目論む事は十分に考えられた。

だからこそ僕は、彼らを護衛し、安全に望む場所へと運ぶ心算だったのだ。

僕が同行すれば、人間には通れぬ森であっても、開けた道と変わらないから。

なのにマカツは、僕の申し出に何故か首を横に振る。

「状況は、わかってるよね？　このままだと君達は、遠からずこの国に潰される事になる」

二百年以上もこの地に根を張っている道場だから、ルランタ国も簡単には排除できない。

特に今は、国が成立したばかりでルランタ国にもあまり余裕はない筈だし。

けれどもルランタ国の政情が十分に安定すれば、多少の住民の反発は無視してでも、放置できない火種は必ず取り除こうとするだろう。

いや、逆にルランタ国の政情が悪化した場合でも、火種の爆発を恐れて強硬策を取る可能性はある。

いずれにしても、マカツ達がこの町に留まる事に関しては危険しかない。

僕が護衛を務めると言ってる今こそが、町を出る絶好の機であると、わからぬ筈はないだろうに。

「それでも、です。この国が興ったばかりだからこそ、我らはヴィストコートを動きませぬ」

マカツの返答には迷いがなかった。

既に自分達はそう決めたのだと、言葉以上に目が語る。

「ヴィストコートは大樹海の魔物に対する備えの町。ここが揺らげば、戦乱の気配に惹かれた大樹海の魔物が、ルードリアの地に流れ込むかもしれません」

あぁ、それは確かにそうだろう。

人の死は魔物を招く。

それは新しい人が死ぬ度に歪みの力が発生するってだけじゃなくて、既に存在してる魔物も、血の匂いや戦いの気配に惹かれるって事だ。

「それを防ぐのは冒険者であり、その冒険者に寄り添うのがこの道場の役割。相談役殿が他の誰よりもご存じの通り、この道場が生まれた時から、我らはそうしてまいりました」

確かに、それは僕が一番知ってる。

何しろ僕は、実際にこの目でヴィストコートの道場がどんな道を歩んだのか、それを見て来たのだ。

この道場を建てたミズハに、いずれ生まれるかもしれない新しい剣を見届けて欲しいと言われてから、ずっと。

……或いは、今がその時なのだろうか。

「その役割こそが我らの誇りであり、我らは誇りを捨てて町を離れるよりも、ヨソギの名を捨てる事を選びます。……ヨソギ流の相談役である貴方には、ずっとお世話になりながら、本当に申し訳なく思いますが、我らはそう道を定めました」

そしてマカツが口にした結論は、ヨソギとの決別だった。

ヨソギの名を捨てる。

それは生半可な覚悟で口にできる言葉じゃなかった。

何故ならそれは、彼らの誇りと同様に二百年以上も、いや、もっともっと以前からずっと受け継いできた物だから。

またヨソギの名を捨てたからと言って、ルランタ国が必ずしもマカツ達への警戒を解くとは限らない。

更にヨソギの本家、ヨソギの国は、確実にヴィストコートの道場に対して怒りを抱く。

だがそれでも、マカツはこのヴィストコートに留まり続け、代々担ってきた役割を果たし続ける事を選んだ。

もちろんルランタ国に対しての働き掛けは、ヨソギの名を捨てる以外にも色々と行う心算だろうけれども。

それは間違いなく、険しく困難な道のりである。

ただ僕は、今の彼なら、よりにもよってヨソギ流の相談役である僕に対して、ヨソギの名を捨てると宣言できるマカツなら、やり遂げるんじゃないかって、そう思う。

ヴィストコートのヨソギ流は、これで終わりだった。

ヨソギ流の相談役である僕は、これ以降は彼らと関わる事はないだろう。

でも不思議と、それを惜しむ気持ちにはならない。

何故なら、ヴィストコートのヨソギ流の道場を建てた張本人、ミズハとの約束は最後に果たせたんじゃないかと思うから。

新しい剣が生まれる姿を見届ける。

それは皮肉にも、分かれたヨソギ流が一つに戻るのではなく、ヨソギの名を捨てた事で生まれたけれども、きっとミズハなら、この結末に満足した筈。

僕だってこの結末は全く予測してなくて、だからこそマカツの選択を、潔く、清々しくすら感じてた。

あぁ、尤も、やはり一抹の寂しさは、どうしたってあるけれど。

僕はマカツに手合わせを申し込み、ヴィストコートのヨソギ流を胸に刻んでから、縁の断たれた、名も知らぬ新しい流派の道場を後にする。

それから向かうは東。

ヴィストコートから東に向かえば、ルードリア王国の首都だったウォーフィールがあって、更にその先には興ったばかりのヨソギの国があった。

今の僕は、ヨソギの国に対する影響力は殆ど持っていない。

だがヨソギ流に起きる出来事に対しては、相談役という役割はまだ多少の重みを持っている。

ヴィストコートの道場が名を捨てた事が伝われば、ヨソギの国は怒るだろう。

分家が本家と絶縁しようとは何事だと。

しかしヨソギ流からの離脱を相談役に向かって宣言し、それを僕が認めたとあれば、その怒りの矛先は幾らかこちらに向く筈だ。

まぁヨソギの家の問題ではなく、ヨソギ流の問題として、僕が勝手に認めた事にしてしまおうって、そういう話である。

もう、ヨソギ流でなくなってしまったヴィストコートの道場を僕が庇(かば)い立てする理由はないけれど……、それでもやっぱり彼らはミズハの、そしてカエハの流れを汲む子らだから。

あぁ、それからもう一つ、僕はマカツを得手もなければ不得手もないと称したけれど、十二年ぶりに立ち合って一つだけ気付き、思い出した事があった。

確かに、十二年経った今でも、マカツの武器に得手不得手はなかったけれど、どの武器を握った時も、立ち姿は素晴らしい。

そう、彼は構えが良いのだ。

思い出せば以前に立ち合った時もそうだったし、だからこそ彼は、多くの武器を不得手なく扱えるのだろうと納得させられた。

だから、なんというか、僕が彼を少しばかり低く見積もってた事に対するお詫びの意味もあるし、改めてそれを立ち合いで気付かせてくれた、お礼の意味もある。

要するに、僕もまだまだ未熟だなぁと、久しぶりにそう思えたのだ。

国を手に入れたヨソギの本家、ヨソギの国の王家に僕が面会する事は難しいけれど、伝手(つて)を使えば手紙を届けるくらいはできるだろう。

そんな風に考えて、僕はまだ混乱の最中(さなか)にあるルードリアの地を、東に向かって歩き続ける。

一つ目のヨソギは、武家の一員としてルードリア王国を滅ぼし、この地を荒らした。

国を興したこれからは、この地の安定に寄与するかもしれないけれど、他国との戦を行って更に荒らす可能性も高い。

二つ目のヨソギは、逆に荒れるこの地が崩れぬように、土に張った根である為に名を捨てた。

三つ目のヨソギは変わらぬままに、更なる発展を求めて、荒れたこの地を離れた。

三者三様。

どれが正しい道で、どれが間違った道って訳じゃない。

ヨソギの本家が貴族家となり、更には国を興した事で、救われた何かもある筈だ。

例えば、ヨソギの本家が得た領地を守らんと奮戦しなければ、ルードリアの地はダロッテに踏み荒らされていたかもしれない。

ヨソギの名を捨てたヴィストコートの道場だって、それで存続が確実となった訳ではなかった。

或いはこの先、ヨソギの国がルランタ国を滅ぼして、ヴィストコートの道場を解体する事だって十分にあり得るだろう。

逆に他のヨソギが滅びても、名を捨てたヴィストコートの道場だけが生き残る可能性も、皆無ではない筈。

ヨソギ一刀流も同じく、発展するも衰退するも、先は誰にも見通せない。

まぁヨソギ一刀流に関しては、移住先がパンタレイアス島という事もあって、僕も協力し易いけれども。

差し当たっては、刀の供給と知名度の向上には、大いに役立てると思ってる。

いずれにしても時の流れは彼らを変えて、それぞれに新しい道を歩ませた。

彼らが変われば、僕との関係性も当然変わる。

けれどもそれを、悲観はすまい。

当然ながら、一抹の寂しさはあるけれど、その変化を楽しく思おう。

僕にとってのヨソギ流は、カエハの剣は、変わらずこの腕に宿ってる。

だから決してなくなりはしない。

ヨソギの国で、この国に仕える事となったヨソギ流の剣士達に王家への手紙を託し、僕は更に東へ歩く。

折角(せっかく)ここまで出て来たのだから、帰る前に少しばかり足を延ばして寄り道をしようと考えて。

次に向かうのは、かつて小国家群があった場所だ。

かつて小国家群があった場所に関しても、やはり大きな変化は起こってる。

以前にこの辺りの事に触れた時は、小国家群の北半分をアザレイという国が誕生して併合し、南半分は南アズェッタ王国として纏まったってところまで述べたと思う。

但しそれも、もう百五十年以上も前の話だ。

その後、アザレイは南アズェッタ王国へと侵攻したが、頑強な抵抗にあって戦線は停滞した。

戦力的にはアザレイは南アズェッタ王国を上回っていたが、一対一の単純な決闘ならともかく、戦争ともなれば単純な戦力比だけで結果は決まらない。

強引に併合された北部の都市から駆り出された兵は士気が低く、逆に防衛の為に纏まった南アズェッタ王国の兵は意気盛んだったそうだ。

そして南アズェッタ王国の頑強な抵抗により戦線が停滞すると、多くの理由によりアザレイの国内は大きく荒れていく。

例えば、東中央部での宗教の中枢であるラドレニアは、アザレイの侵攻を非難する声明を出したし、より豊かだった南アズェッタ王国からの産物がアザレイには届かなくなった。

以前よりも生活に不自由を強いられるようになった民衆は不満を募らせ、各地で反乱が頻発するようになる。

元より、都市国家だったこの地の住民は、独立心が旺盛だったから。

アザレイは住民の手によって打倒されたと言っていい。

しかしアザレイを打ち倒しても、都市国家が単独では安定を得られない事はもう皆が知っている。

小国家群に代わり、纏まれる機構を、この地の人々はやはり必要としていたのだ。

故にアザレイを滅ぼした人々は、南アズェッタ王国に恭順を申し入れ、小国家群だった場所はアズェッタ王国として一つに纏まった。

尤も、アズェッタ王国もアザレイの失敗を踏まえ、都市の自主性を重んじた統治を行っている。

もちろんそうすると王家の力が弱く、思い切った行動を取り難いという欠点を抱えた統治になるけれど、この地にはそれが合っているのだろう。

またこの地を脅かしかねない周辺国、特にダロッテがルードリア王国を相手に敗戦を重ねており、アズェッタ王国に手出しをするどころじゃなかった事も幸いした。

それから百年以上も、緩やかで安定した統治が行われている。

但し、ルードリア王国が滅び、彼の地に小国が割拠するようになった影響が、アズェッタ王国にどう及ぶのかは、まだわからない。

まぁ僕に関係してるのは、今は比較的ではあるけれど、安定した時期にあるって事だろう。

今、僕を乗せて河川を移動する船も、アザレイの頃には止まっていたらしいが、アズェッタ王国となってからはより重要度が増し、数を増やしたと聞く。

ツィアー湖を中心に大きな川が幾本も流れるこの地を移動するには、やはり船が一番早い。

国の名前が変わっても、これぱかりは昔と同じで、船の上で感じる風も変わらなかった。

僕を乗せた船はやがて川からツィアー湖へと入り、北側の町、ルゥロンテへと辿り着く。

このルゥロンテは、以前はツィアー湖の南側の町、フォッカと双子のように、似たような町のつくりが成されていた。

だけどアザレイがルゥロンテを併合した際には町の一部が破壊され、一度は別々の国に所属した事で、それ以降は敢えてそれぞれ違う形に町を発展させようと決めたらしい。


ルゥロンテで船を下り、今度は徒歩で北へと向かう。

ここまで来ると察しが付くかもしれないが、僕が目指しているのはオディーヌだ。

小国家群によって、魔術の為の都市として生み出されたオディーヌは、小国家群の名称が消え去った今でも、やはり魔術の為の都市である。

けれども、アザレイの成立に大きく関わり、周囲の都市国家を併合する側に回ったオディーヌは、その行いで自らの信用を大きく損ねた。

本来ならば、オディーヌはこの地がアズェッタ王国の統治下となった際に解体されてしまってもおかしくはなかったけれども、魔術の研究、魔術師の育成は、国の力を維持、増す為にはどうしたって必要だ。

オディーヌを解体してしまえば、研究や魔術師を育成するノウハウも散逸しかねない。

故にアズェッタ王国は、オディーヌの存続を許したのだろう。

しかし当たり前の話だが、何事もなくただ許す事なんてできやしない。

アザレイに併合された経験のある北側の都市は、オディーヌに対して浅くない恨みを抱いていたから。

アズェッタ王国はオディーヌの存続こそ許したが、自治は許さず、魔術の研究も、魔術師の育成も、厳しい管理の下で行う事とした。

……尤も、そうなったのは、先程も述べたけれどもうずっと前の話だ。

確かに何十年かの間は、オディーヌはアズェッタ王国の厳しい管理の下に置かれたが、やがてはその管理も少しずつ緩むし、オディーヌも徐々に信用を取り戻していく。

今では、まぁ流石に以前と同じようにとはいかぬまでも、管理は緩やかに、ある程度の自由が認められて、魔術の研究と魔術師の育成が行われているという。

僕がやって来たのは、そんな良く知らないオディーヌだった。

上を見上げても尖塔があまり見当たらない事に違和感を覚えながら、オディーヌの町を歩く。
以前のオディーヌでは、魔術師の中でも選ばれた一部が魔導師として、尖塔に住まい、町を見下ろしながら差配していた。

しかしアズェッタ王国によって魔導師は数を減らし、この町を差配する身分でもなくなったから、その象徴であった尖塔も多くが撤去されたそうだ。

僕はかつての魔導師達に対しては、あまり良い感情を抱いてはいなかったのだけれども、それでもオディーヌの特徴だった尖塔の数が少なくなってしまった事には、何となくの寂しさを感じる。

あぁ、僕は、魔導師の事は別にして、あの尖塔が立ち並ぶオディーヌの風景を、それなりに気に入っていたのかもしれない。

……単に見知った風景が姿を消した事に、感傷的になってるだけかもしれないが。

さて、そんな風に尖塔が減って僕の良く知らない場所となったオディーヌだが、消えてなくなった物は他にもあった。

例えば以前に……、二百五十年以上も前に、この町を訪れた僕を狙ったオディーヌの抱えた軍も、今ではその存在は欠片(かけら)も残っちゃいない。

何しろ彼らこそがオディーヌ内で統一論に同調し、他の都市国家へと侵攻して次々に併合して行った中核だったから。

反乱を起こした住民達には蛇蝎(だかつ)の如く憎まれ、アザレイが滅んだ時にはそれこそ徹底的に狩り出されたと聞いている。

ただその際に失われた物は多かった。

多くの魔道具を使う訓練されたオディーヌの軍と、数ばかりが多い住民達からなる反乱軍のぶつかり合いでは、大勢の命が失われたそうだ。

また反乱軍は、自分達には使えもしない魔道具や、オディーヌの軍の研究設備をも憎しみの対象として破壊する。

もし仮に、オディーヌの軍を打ち倒したのが、アズェッタ王国だったならば、それらは貴重な研究対象として接収された事だろう。

だが怒りと憎しみから立ち上がった反乱軍に、そんな理性があった筈もない。

打ち壊しは徹底的に行われ……、オディーヌの軍が管理していたカウシュマンが遺した研究成果も、多くがその対象にされて失われてしまったという。

あまりに久しぶりで、変わり過ぎてて、少し迷いながらオディーヌを歩いた僕が辿り着いたのは、この町の鍛冶師組合。

幾度か更新はしてるものの、それでも十分に古い上級鍛冶師の免状を見せて驚かれながら、僕は職員の案内を受けて奥へと通される。

応接室で待つ事暫し、職員が慎重な手付きで運んで来たのは、古びてはいるけれど、しっかりと手入れがされた一本の剣。

鞘から抜いて確認すれば、いや、確認せずとも一目見ただけでわかってたけれど、それは僕とカウシュマンで作り上げた、あの炎の魔剣だった。

……久しぶりの再会に、何故だか鼻の奥が熱く感じる。

オディーヌの軍が保管していたこの魔剣も、反乱軍の打ち壊しの対象にはされそうになったらしい。

でも魔道具なんて自分達には使えないからと打ち壊しを行っていた反乱軍も、この魔剣に関しては、剣としての輝きに魅せられて、壊す事を躊躇（ためら）ったそうだ。

そして破壊を免れ、反乱軍の、住民の手で秘匿された炎の魔剣は、やがて鍛冶師組合へと持ち込まれて鑑定され、売り払われる事となった。

何でも、ジャンペモンの鍛冶師組合に伝わる名剣と同じ製作者の品として、随分な高値で買い取られたという。

それからずっと、この炎の魔剣は、オディーヌの鍛冶師組合で大切に保管されている。

つい最近、その話をエルフのキャラバンが聞き付けて、僕に教えてくれたのだ。

それはなんて幸運で、同時になんて残念な事なのか。

改めて、仔細に魔剣を見る。

良い剣ではあると、素直に思う。

技術的には、今の僕から見ると物足りない部分もあるけれど、あの頃の僕が持ってた情熱が、精一杯に詰め込まれている。

今の僕に、同じだけの情熱が、果たして一本の剣に注げるだろうか？

魔剣を鍛えるというワクワクとした感情に、突き動かされていたあの頃のように。

だから剣としての価値が故に、この魔剣が生き残り、再会を果たせた事はとても嬉しい。

しかし、魔剣としての機能、……この剣に宿るカウシュマンが人に価値を認められない現状を、残念に思う。

いや、それでも魔道具の資料として、軍に仕舞い込まれていた頃に比べれば、マシなのだろうか。

その頃は逆に、剣としての価値は一切見られてなかったのだし。

軍が行う魔道具の研究だって、カウシュマンが望んだ方向とは大きく違っていた。

職員に許可を得てから、僕は柄を握り、魔力を剣に流し込む。

そうして噴き出した炎は、あの頃と何も変わらない。

僕とカウシュマンの情熱が生み出した、あの時と同じ燃え盛る炎だ。

「ねぇ、カウシュマン。君は一体、どうしたい？」

思わず、僕は魔剣に問うてしまう。

当たり前の話だが、魔剣は何も答えない。

ただ炎を発して燃え盛り、その熱を僕に伝えるばかり。

魔道具を改めて広める事も、今の僕なら可能だろう。

エルフのキャラバンという流通を司る存在が味方にいるし、時間だって十分にあった。

軍ではなく、魔物と戦う冒険者の為に、魔道具を流通させる事も、決して不可能ではない。

また相談をすれば、黄古（おうこ）帝国の仙人の中でも、魔術に造詣の深い白猫老君（はくびょうろうくん）なら、喜んで知恵を貸してくれる筈だ。

……だが、それも何かが違うと感じてる。

僕達は、別に魔道具を広めたかった訳じゃない。

単に自分達の浪漫を追い求め、生み出したい物を生み出しただけだった。

カウシュマンの研究はオディーヌの軍に目を付けられたけれど……、それは単なる結果だ。

炎を消し、僕は魔剣を鞘に納める。

場合によっては、この魔剣を買い取る心算だったのだけれど、今回はよそうと思った。

この魔剣は、僕に所有されて仕舞い込まれるよりも、誰かの目に触れた方がいい。

オディーヌの鍛冶師組合に置かれたならば、緩やかに人に見られるだろう。

そしてその中に、或いは魔剣への興味を抱く者が現れるかもしれない。

カウシュマンの後継者は、僕じゃなくてきっとその誰かである。

もちろん誰も現れず、この魔剣が失われてしまう事だってあるだろうけれども。

ここ、オディーヌは魔術の為の都市だから、そんなに心配は要らない筈だ。

僕も時折、魔剣を打つ事にしようか。

そうすれば、僕の魔剣を見て、興味を抱く者も現れるかもしれない。

あぁ、だったら、カウシュマンの魔剣か僕の魔剣か、どちらが後継者を見付け出すか、競い合える。

カウシュマン、僕の悪友が燃やした熱は、彼の死後も確かに残っているから。

いつかきっと、どこかで再び炎が燃えるだろう。

オディーヌを出て、南へと向かう。

そういえば、逆にここから北へと向かった事は今までに一度もなかった気がする。

小国家群、もといアズェッタ王国の北にある国と言えば、これまで幾度も東中央部に戦乱を齎し(もたら)てきたダロッテだけれど、そのダロッテも今は存在してなかった。

ルードリア王国との戦いで傷付いていたダロッテは、より北の国から侵略を受けて滅亡したからだ。

北側の国と言えば、僕はフォードル帝国にしか行った事がないけれど、彼の国も、既に地図の上には存在していないという。

一度くらいは東中央部の北側の国も、ぐるりと回ってみようか。

フォードル帝国で体験した北側の国の寒さは、もう二度と味わいたくないと思う代物だったけれども、夏ならば比較的、移動し易い気もするし。

そんな事を考えながらも、しかし足は南へと動く。

興味がない訳じゃないけれど、今のところ、北への用事は特にない。

何より、今の季節は夏じゃなかった。

アズェッタ王国から南に向かえば、豊穣神を崇める宗教の総本山を有したラドレニアがある。

ラドレニアは東中央部でも最も権威のある国だけあって、争いに巻き込まれる事もなく、その存在は揺らいでいない。

但しその東側にあった国の名前は、やはり既に変わってる。

尤もそれは争いの結果滅ぼし合って国が消えた訳ではなく、小国家群がアザレイと南アズェッタ王国に分かれた際に、その異変に対応すべく、ドルボガルデとシグレア、それから更にシグレアの北の都市国家であるバーダスとオロテナンをも加えて一つの国に纏まったのだ。

というのも、バーダスとオロテナンは小国家群の支援を受けて大湿地帯、危険地帯である人喰いの大沼からの防波堤を担っていた都市国家だった。

しかし小国家群が二つに割れて川を使った物流が止まり、バーダスとオロテナンへの支援が止まれば、到底その防波堤の役割は果たせなくなってしまう。

そしてバーダスとオロテナンが陥落すれば、南に位置するシグレアにとっても他人事ではない。シグレアも同じく、人喰いの大沼からやって来る魔物を食い止めているが、バーダスやオロテナンが陥落すれば、その負担は大幅に増す事になる。

そうなれば、シグレアの後方に位置するドルボガルデにだって影響が及ぶ可能性も皆無じゃなかった。

故に彼らは一つに纏まり、シェガルダという名の国になる。

その成立には、ラドレニア及び、エルフのキャラバンも大いに支援を行い、後押しをしたという。

或いはシェガルダという国が誕生したからこそ、東中央部は争乱で国の名前や国境線は変化しても、大きく形が変わるような事態は避けられたのかもしれない。

僕は、もうそれなりに長く生きてると思うのだけれど、この世界では争いがずっと絶えていないし、これからも絶える事はないと思っていた。

別にそれが悪いという心算はない。

魔物という敵が、大きな脅威があっても尚、彼らは同種との戦いは止められないのだろう。

それは人間という生き物の業である。

欲を満たす為に他人を踏みつけんとする者、身近な誰かを守る為に剣を取る者、憎しみから戦う道を選び、戦いの中にしか生きられなくなった者。

戦う理由は多種多様で、皆それぞれに違うだろう。

けれども結果として、人間は戦いを止められない。

かと思えば、混乱を治める為に身を沈める者もいて、多くの人々は平和を願う。

人間は実に混沌とした生き物だ。

相反する性質も、矛盾なく一つの生き物としての器に収まっている。

だけど、僕はそれでも、或いはだからこそ、人間という生き物が好きだった。

これは凄く今更になるのだけれど、この世界の人間と、僕が前世でそうであった人間は、全く別の生き物であろう。

少なくとも、僕が前世で見知った人間は、死んでも歪みの力なんて吐かなかったし、剣や槍を手に巨大な魔物にも挑まない。

でもそんな事は関係なしに、僕は前世で見知った人間も、この世界で出会った人間も、どちらも同じくらいに好いている。

強く、儚く、しぶとく、優しく、残酷で、悩み、決断して、何かを作り、壊してしまう人間が、とてもとても好きなのだ。

僕は、訪れた町の宿屋で、看板娘の胸にガーネットのペンダントが揺れているのを見て、嬉しくなって酒杯を重ねる。

ペンダントはとても古い代物で、幾度も補修を受けたのだろう。

最初の形とは、少し変わってしまってる。

けれどもそれでいいし、そこがいい。

明日にはアズェッタ王国を出て、ラドレニアに、そこからもう暫(しばら)く旅すれば、シェガルダの港町に辿り着く。

そうすれば船に乗り、パンタレイアス島に帰れるだろう。

つまり間もなく、今回の旅も終わりを迎える。

今回の旅では、僕は何も得なかったし、逆に誰かに何も与えなかった。

助ける事もなかったし、ただぐるりと、東中央部を歩いて回っただけ。

されどこの胸には、言葉にできない何かが残る。

実に不思議で不可解だけれど、僕にはそれが心地好く、今回の旅には満足していた。

第二章　最も金に詳しい人

　更に三十年程が経ち、僕が五百三十二歳になった夏の事。

「エイサー様、何卒、我らと長蛇公の会談に同席をお願いしたく……」

　パンタレイアス島を訪れて、僕に深々と頭を下げたのは、一人のエルフ。

　名はケイレルといい、今はエルフのキャラバンの代表を務めている人物だ。

　つまり簡単に言えばアイレナの後を継いだエルフなのだけれど、僕は彼の事を、実はそんなに良く知らない。

　もちろんアイレナがまだキャラバンの代表者だった頃、その補佐をしていたケイレルとは何度か顔を合わせてる。

　ただその時も、他のエルフのように僕と親交を持とうと、何かと話しかけてきたりはしなかったから。

　逆に印象には残ってるけれど、人柄を詳しく知る機会はなかった。

　そしてケイレルが代表者になった後も、僕はエルフのキャラバンとは何度も関わってるけれど、当然ながら彼はとても忙しい。

　何しろ北の大陸の全土、あぁ、最近では南の大陸も復興してきて固有の香辛料等が産出されるようになったから、エルフのキャラバンが交易する範囲は世界中に広がっている。

またそんな組織に、碌に商売に関する知識もないのに、ハイエルフという権威だけはある僕が口を出せば、彼らを無駄に混乱させてしまうだけだ。

だから僕は、エルフのキャラバンに用事がある時も、彼らをよく理解しているアイレナを通していて、直接的に関わる事は殆どなかった。

なのに今、そんなエルフのキャラバンの代表者であるケイレルは、僕の前で頭を下げたまま、返事を待って動かない。

どうやら、余程の事情があるのだろう。

……それにしても、長蛇公か。

「そうだね。エルフのキャラバンには何度もお世話になってるから、別にそれくらいは構わないけれど……、でも、やっぱりまずは詳しい事情を聞かせて欲しいな」

東部で最大の国、黄古帝国。

あそこは仙人達が支配、統治する国である。

黄古帝国でも東に位置する、海に面した青海州は、商業の発達した豊かな場所だ。

その青海州を統治する仙人が長蛇公であり、彼は恐らく、この世界では最もお金を理解してる個人だった。

エルフのキャラバンと長蛇公が会談をするとなれば、それはもう、確実に商売、お金の話になるだろうから、僕は門外漢も良いところである。

なのに何故、ケイレルは僕の同席を求めるのか。

理由がわからなければ、幾ら何度も世話になってるからといっても、怖くて安易には頷けない。

そりゃあエルフのキャラバンも、長蛇公も僕を罠に嵌めるような相手じゃないけれど、自分が求められる役割が何であるのか、把握くらいはしておきたいから。

僕が引き受ける前提で問うている事は察したのだろう。

頭を上げたケイレルは僕を真っ直ぐに見据えて、少し眩しそうに目を細めた。

……エルフには、ハイエルフが光って見えると言うけれど、そんな風な反応をされたのは初めてで、少し戸惑う。

「ありがとうございます。ご存じの通り、我らキャラバンは海洋貿易に関わり始めた当初から、エイサー様のご縁で黄古帝国と大きな取引を行う事ができました」

ケイレルが口にしたそれは、少しばかり懐かしい話だった。

エルフのキャラバンが一気に大きくなったのは、活動の場を東中央部から他の地域にまで広げたあの時だ。

それまでは本当にその名の通り、エルフしか所属していないキャラバンだったが、人間の船乗りを雇い、人間の商会を傘下に収め、ヴィレストリカ共和国の名家の一つを吸収して、規模は何倍どころじゃなく膨れ上がってる。

しかしエルフのキャラバンが、それでも同胞の為の組織であるという本質を変えずに成長できたのは、ひとえに代表者であったアイレナの手腕と、彼女を補佐したエルフ達の結束力の賜物だろう。

確かにあの時、僕は色々と伝手を紹介したっけ。

ただその伝手も、僕には活かせなかった代物で、それを活かせたアイレナとエルフのキャラバンが、凄かったんだと思うけれども。

「これはキャラバンが拡大した原動力であり、今なおキャラバンを支える柱の一つとして重要な位置を占めています。……ですがここ数年、黄古帝国側がキャラバンとの取引の規模を徐々に縮小し始めたのです」

あぁ、でも納得した。

それで長蛇公か。

黄古帝国との取引といっても、その窓口は青海州だ。

ならば取引規模の縮小も、長蛇公の意思が絡む可能性は非常に高い。

故にケイレルは僕に、以前に伝手を紹介した時と同じように、長蛇公への取り成しを期待しているのか。

なるほど、まぁ、それならば、僕が動く事に然したる問題はないだろう。

幾度も世話になってるエルフのキャラバンに、多少の恩を返せるならば、黄古帝国に足を延ばすのも悪くはなかった。

もしかすると、彼の地でソレイユに、僕とアイレナの血の繋がらぬ家族とも、再会できるかもしれないし。

でも一つだけ気になるのは、長蛇公はエルフのキャラバンとの取引を縮小したなら、僕が動くと予測は最初からしている筈。

だとすれば、僕が動く事が必ずしもエルフのキャラバンの利に繋がるとは限らない。

青海州を統治する長蛇公は金儲けが得意だと、他の仙人は言っていた。

しかしその金儲けは、蓄財を意味する言葉じゃない。

長蛇公が本当に得意とするのは、価値の操作だ。

金、物、情報、人、命。

この世界に存在する全てには、何らかの価値がある。

そしてその価値は、決して一定しない。

例えば金は、この東中央部で流通する金貨をそのまま黄古帝国に持ち込んでも、価値を低く見られてしまう。

足元を見られている訳じゃなくとも、流通してない金貨を渡されても、向こうの住人にしてみれば扱いに困るのだ。

もちろん地金そのものに一定の価値があるから、全く使えない訳ではないけれど。

道端に落ちた馬の糞だって、それに集(たか)る虫には意味がある。

またこれが大草原に生きる民ならば、それを乾かし燃料に使っていた。

戦争が起きるという情報は、早めに知れれば食料や武器を仕入れて大きな儲けを得られるだろう。

時間が経って戦争が起きれば、既に食料も武器も値上がりしていて、儲けに繋げる事はもう難しい。

今の北の大陸では、エルフは発言力もあり、多くの場所で丁寧な扱いを受けられる。

しかし二、三百年前までは、エルフが奴隷にされる事も珍しくない地域があった。

命だって同じだ。

平和な時代は命の価値が重く、戦争が起きれば軽くなる。

それが正しい、間違っているという話ではなく、どうしてもそうなってしまう。

長蛇公はこれら全ての価値を把握し、操作するのが得意な仙人らしい。

だとすれば、エルフのキャラバンとの取引を縮小した事も、決して無意味ではない筈なのだ。

尤も、それでもその真意を確かめる為には、実際に会ってみるより他にないけれど。

黄古帝国、青海州までの旅路は船で行く。

距離を考えれば不死なる鳥のヒイロに頼るのが最も早いが、黄古帝国は真なる竜である黄金竜(おうごんりゅう)の眠る地だ。

そんな場所に古(いにしえ)の種族の一つである不死なる鳥になんて乗って行ったら、それこそ黄金竜が目覚めかねない。

いや、別に僕としては目覚めたところで、黄金竜が理由もなく世界を焼き滅ぼしたりしない事はもう知ってるから、久しぶりの再会を楽しむだけだが、仙人達はきっと大騒ぎをするだろう。

彼らは真なる竜の眠りを守る為に、東部で最大の国を築いて、あの地をずっと守ってる。

場合によっては、不死なる鳥になんて乗って行く事そのものが、仙人達にとっては僕からの脅しと取られてしまうかもしれない。

仮に、ソレイユが黄古帝国で酷い扱いを受けてたりしたら、それこそヒイロで黄金竜の前まで乗り付けてやるけれど、今回はそういう話じゃなかった。

それに僕とアイレナだけならともかく、ケイレルまでヒイロの背に乗せるのは、避けた方が良いだろう。

不死なる鳥であるヒイロの輸送力は、エルフであると同時に商人でもあるケイレルの目に、あまりにも魅力的に映りかねないから。

もちろん僕の友であるヒイロに、エルフのキャラバンが無理を強いるような事は決してないと思うが、ケイレルの頭の中には、もしもその力を借りられたら、なんて妄想が暫くこびりついて離れなくなる可能性はとても高い。

だったら最初から、ケイレルはヒイロの存在を、詳しく知らない方が良い筈だ。

まぁ、船旅もそんなに悪い物じゃない。

僕が以前に黄古帝国へ、更にその海を挟んだ向こう側の扶桑の国まで旅した時は、徒歩で人喰いの大沼を、大草原を越えたりしたから、物凄く時間が掛かったけれども、船を使えば数ヵ月の旅路である。

それにあの頃に比べれば、船の速度も、それから安全性も、エルフが乗りこむ事で上がってた。

特に今回は、エルフのキャラバンの代表者を運ぶ専用船を使った移動になるから、過去を思い返すと物足りなく感じてしまうくらいに、早く辿り着くだろう。

何より、黄古帝国も南の大陸に比べれば近いし、道中で海沿いの国々にも幾度か寄港する。

中継地点を辿りながら大陸間を行き来する航海とは、比較にならない程に楽な旅だった。


「そういえば、アイレナはどうしてケイレルをキャラバンの代表者に指名したの？」

海沿いの国に寄港した際、国の要人との会談に向かうケイレルの背を見送って、……僕はふと、アイレナに問う。

アイレナが代表者だった頃、彼女の補佐をしていたエルフは何人も居た筈だ。

その中からケイレルを選んだ理由は、何かあるのだろうか？

忙しく動き回るケイレルがどんなエルフなのか、僕は未だに良く摑めてない。

長蛇公との会談前に、少しでも知っておきたいとは思ってるのだけれども。

「……そうですね。一番の理由は、彼がエルフのキャラバンを任せられる程に賢く、尚且つ臆病だったからです」

だけどアイレナの返事は、少し意外なものだった。

慎重な性格だから、ではなく臆病だから後継者に選んだなんて、流石に言い過ぎじゃないだろうか。

それに臆病な性格の割には、ケイレルは冒険もしてる。

例えば南の大陸への復興支援も、あれは僕とアイレナの主導だったが、ケイレルが強く反対すれば実現しなかった筈だ。

　本当にケイレルが臆病ならば、エルフのキャラバンであっても冒険となる南の大陸の復興に、どうして反対しなかったのか。

「ええ、ケイレルは臆病ですが、必要な行動は取らねばならないと理解できるくらいに、賢いのです。それでも臆病なので、失敗の芽を精一杯に摘もうとします」

　あぁ、なるほど。

　冒険を恐れはしても、リスクとリターンの釣り合いが取れれば、前に進む事は躊躇わないのか。

　それは確かに、単なる慎重とは性質が違う。

　実に胃を痛めそうな生き方だけれども。

「臆病さと賢さ、そのバランスがとれているのがケイレルでした。他のエルフは、恐らく私も含めて、冒険心が強い者ばかりでしたからね」

　それも確かにそうだった。

　森を出て人間の世界に生きるエルフは、冒険心や好奇心の強い者が多い。

　冒険心や好奇心に突き動かされなければ、わざわざ森を出ようなんて考えないから。

　アイレナも冒険者としての生活で慎重さは身に付けているけれど、基本的には刺激を求め、未知の体験に心躍らせる性格だ。

　だからこそアイレナは、自分が代表を退いた後、二代目の代表には全く違う性質のケイレルを据えたのだろう。

エルフのキャラバンは新しい事に挑戦し続けて大きくなったが、巨大な組織となった後の舵取りには、臆病さというこれまでとは違った要素が必要だと考えて。

「最初は、断られたんですよ。臆病者の自分には、私のように皆を纏める事なんてできないって、そう言って。でもその臆病さこそが、これからのキャラバンには必要なのだと説けば、理解して引き受けてくれたんです」

そういって、懐かしそうに、嬉しそうにアイレナは笑った。

彼女にとってケイレルは、教え子のような存在なのだろう。

少しばかり羨ましい。

ケイレルも、アイレナも。

だって僕は、もうそんな風に笑ってくれる師や先生も、自慢のできる教え子も、皆が先立ってしまったから。

まぁ、羨ましければ僕もエルフ辺りを相手に何かを教えればいいんだろうけれど、……エルフは教えるも何もする前から頭を下げて来るから、ちょっとその辺りが難しい。

ただ、ケイレルの事は少し分かった。

彼がそういう性格であるならば、僕に長蛇公との会談に参加してくれと頼んで来たのも、散々に迷った挙句、そうすべきだと判断をしたからだ。

黄古帝国との取引が縮小していく事の影響は大きく、手をこまねいていては職を失う船乗りや、破産をする商人も出かねないと考えて。

後は長蛇公がどうしてエルフのキャラバンとの取引を狭めているのか、それを知る事ができれば、僕は今回の件に対して自分の意見を持てるだろう。

複数のエルフが交互に吹かせる風を受けて進む船の足は速く、黄古帝国までは、もうそれ程かからない。

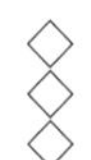

船が辿り着いた港には、異国の風が吹いていた。

いや、もちろん殆どの港は僕にとって異国なのだけれども。

この黄古帝国の、青海州の港は、特にそれを強く感じさせてくれる。

立ち並ぶ建物の建築様式、道行く人々の服装や、顔立ち。

同じ大陸に住みながらもそれらが全く異なるから、空気まで別物に感じるのだろうか。

あぁ、風に乗って流れてくる食事の香りも、東中央部辺りとは全く違う。

大草原の南、海沿いの国々も独自の文化を持っているけれど、黄古帝国はまた更に異なるから。

僕は久方ぶりの黄古帝国の空気に、心が躍るのを明確に感じた。

しかしふと空を見上げると、そんな異国の空を、どこかで見たような鳥が一羽、弧を描くように舞っている。

誤解がないように言っておくと、もちろん不死なる鳥のヒイロじゃない。

こんな人目の多い、しかも黄古帝国にヒイロが来たら、流石に僕も何のフォローもできやしないし。

その鳥は、僕にとっては少し複雑な感情を抱かせる相手だ。

真なる竜の眷属である四神獣の一つ、南の鳳凰に連なる聖鷲とかいう大層な肩書きの付いたその鳥が、何か悪さをしたって訳では、別にない。

ただその鳥がパンタレイアス島に来た事で、僕とアイレナの血の繋がらない家族、ソレイユの運命は大きく変わった。

もしもその鳥がソレイユの友にならなければ、彼女は人間としての生を全うしただろう。

逆にその鳥がソレイユの友にならなければ、彼女は既に生きる時間を終えていた。

その善し悪しを決めるのは僕じゃないけれど、それでも久方ぶりに姿を見れば何とも複雑な気持ちを思い出す。

だが、この際その鳥はもう重要じゃない。

今、僕にとって大切なのは、鳥がここに来ているなら、同時にソレイユもこの青海州の港に居るって事だった。

「父様！　母様！」

聞き覚えのある声が響く。

僕の隣で、アイレナが大きく息を呑んだのがわかる。

あぁ、アイレナにとって、それは本当に大きな衝撃だっただろう。

僕は仙人の類と何度も接した事があるから、ソレイユがそうなると知っていた。

けれどもアイレナは、白狼道士とかいう仙人の弟子を、南の大陸に送り届けた時くらいしか、その類と接する機会はなかったから。

本来ならば、とっくに老いて死んでいるだけの時間は経っているのに、パンタレイアス島で別れた日と変わらぬままの声、姿のソレイユを見て、アイレナの目から涙が溢れる。

自分を置いて先立つ筈の人間が、何一つ、……いや、服装は独特な黄古帝国の衣装に変わってるけれど、自分の前に立っているのだ。

その姿には、色んな思いを抱くだろう。

喜びはもちろん、こんな奇跡があるのなら、既に先立ってしまった人々とは、どうして一緒の時間を過ごせなかったのかと。

僕だって、それを考えた事がない訳じゃない。

ロドナー、カエハ、ノンナ、カウシュマン、それからアズヴァルドもウィンも、既にこの世界にはいないのだ。

ただこの再会は、本来は望外の幸運なのだ。

いや、それが本当に幸運なのかは、僕にはよくわからない。

仙人になれる素質を有するのは、ごく一部のほんの僅かな人のみ。

しかもそんな僅かな人ですら、多くは途中で挫折をしたり、道を間違えて他者を食らう邪仙となってしまう。

そして仙人となったとしても、そこに至る修行の間に、親しかった人々は既にこの世界を去っている。

今のソレイユは、仙人の弟子の道士であって、正しく仙人という訳ではない筈だ。

彼女が本当の仙人になる時、アイレナや僕がまだ生きているかは、わからない。

もちろん僕は、ハイエルフとしての生を終えた後も精霊として存在するから、世界のどこかには存在してるだろうけれども。

要するにこれは確かに奇跡であるけれど、都合の良い奇跡ではなかった。

けれどもそんな事を、一々口に出すのは野暮かもしれない。

「ソレイユッ！」

ダッと駆け出したアイレナと、受け止めたソレイユが抱き合って再会を喜んでる。

涙でグシャグシャのアイレナの感情の激しさに、ソレイユが少しばかり戸惑ってる風にも見えるけれど、それも仕方のない話だった。

アイレナがあそこまで強い感情を表に出す事は珍しいけれど、彼女にとって大切な人との再会は、とても大きな意味を持つ。

僕は喜び合う二人が、主にアイレナが落ち着くまで、のんびりと空を見上げて時間を潰す。

空の上ではクルクルとあの鳥、シュウが飽きもせずに弧を描いて飛んでいる。

もしかすると、シュウも空気を読んでいるのだろうか。

同行していたケイレルも、最初は見た事がないのだろうアイレナの感情的な姿に驚いた様子だっ

たが、今は離れて人払いの指示を出してくれてた。

また一つ彼の事が知れた気がする。

何というか、割と良い奴だ。

仙人となる事の是非は、僕にはやっぱり何とも言えない。

その誕生には巨人が関与していて、今も仙人達が巨人の指示で動く場合もあると知ってるから、余計に。

ただ善いとか悪いは別にして、今回の再会は僕にとっても、本当に嬉しい事なのは間違いがないから。

もう暫くしてアイレナの気が済んだら、次は僕が同じ真似をして、ソレイユを困らせてやろうと、そう思う。

「改めて、私は今、聖鷲道士を名乗っています。本日は父様、母様、それからエルフのキャラバン代表者、ケイレル様を長蛇公の下へご案内するよう仰せつかりました」
一つ咳払いしてから、僕らが知らぬ名を改めて名乗り、ソレイユは両手を胸の前で組んで、頭を下げる。
どうやら彼女は、僕らを案内する為に長蛇公に遣わされたらしい。

あぁ、それは実に気の利いた計らいだ。

今回、僕とアイレナが黄古帝国を訪れたのはケイレルに乞われ、長蛇公との会談に同席する為だったけれど、ソレイユに会えるかもしれないと内心では期待してた。

でもまさか、こんなにも早くそれが叶うなんて思わなかったから。

そう手配してくれた長蛇公には、自然と感謝の念が湧く。

恐らくはそれが目的なのだろうとわかってはいても、長らく会っていなかった家族との再会の喜びには、どうしたって勝てやしない。

それからソレイユが手を三度叩いて鳴らすと、通りの向こうから立派な鞍を付けた三頭の大きな馬がやって来て、僕らの前に並ぶ。

不思議な事に道行く人々はその馬に気付いた様子を見せず、なのに道を遮ったりもせずに避けていく。

またどうしてだろうか、その三頭は、三頭ともがジッと僕の顔を見詰めてた。

うん、可愛い。

思わず手を伸ばすと、三頭ともがその手に頭を擦り付けようとして、牽制し合うように止まる。

あぁ、ホントに可愛いな。

だから僕は大きく前に出て両手を広げ、右手と左手でそれぞれ端の馬を撫で、真ん中の一頭には顔に頬を寄せた。

もちろんこんなの、初めて会う馬にやる事じゃないのだけれど、何故だかこの三頭には、そうしても大丈夫な気がしたから。

　この三頭はそれぞれ、毛色も違う。

　白、黒、黄色がかった茶色。

　なのに何故か、この三頭からは皆、覚えのある匂いがする。

　そう、これは、……僕が以前に乗ってた馬、サイアーの匂いだ。

　三頭ともが、勢いで僕を押し倒してしまわないように遠慮がちに、でも嬉しそうにその身を擦り付けて来た。

　実に賢い。

　僕は暫く彼らを受け止めてから、振り返ってソレイユに問う。

「ねぇ、ソレイユ、この子達って……」

　確信はあった。

　だけどそうなのだと、聞かせて欲しい。

「うん、父様が連れて来たっていう仙馬（せんば）の子孫だよ。でも困ったな。この子達、普段はこんなじゃないんだけど、どの子が父様を乗せるかで揉めそうよね……。馬車を用意するから、それを牽（ひ）いて貰（もら）おっか」

　そうか。

　やっぱりそうか。

　僕はソレイユの言葉に頷いて、三頭の馬を順番に撫でる。

「じゃあ御者は、僕がやるよ。いや、僕がやりたい。道案内は、お願いしたいけど、いいかな？」

これは案内される客としては非常識な、案内する側には困るお願いだろう。

しかしそれをわかっていても、僕はもう少しこの三頭の馬と接したかった。

……あと、馬車を使うとなると御者台か屋根に乗らないと、僕は酔ってしまうし。


用立てて貰った馬車の御者台に腰掛け、馬達を歩かせる。

いや、歩かせるといっても、殆ど何もせずとも三頭の馬は思った通りにスルスルと動いてくれるから、僕は時折声を掛けるくらいしかしていない。

ソレイユが用意した馬車は前方が開けており、進行方向に正面を向けて座れるように客席が付いていた。

これならもしかすると、僕も客席に座っても酔わなかったんじゃないだろうか。

尤も、折角サイアーの子孫と触れ合えてるのに、わざわざ馬車の中に入ってそれを試そうとは思わないけれども。

そのまま僕がソレイユの道案内に従って馬達を歩かせ、港町を出ようとすると、

「一体、どこに行かれるのでしょう？　長蛇公が会談に使われている官衙(かんが)は町中にあった筈ですが……」

ケイレルが疑問を口にする。

あぁ、そうなのか。

どうやらケイレルは、これまでにも幾度か、長蛇公と会った事があるらしい。

故に今から向かう場所が、これまで会談に使われた場所と違うと気付き、警戒心を抱いたのだろう。

「えぇ、普段の会談は、長蛇公は港町の官衙を使われています。……ですが今回、キャラバンの方々は黄古帝国にとって最も重要な客人をお連れになられましたので、長蛇公は官衙ではなく、ご自分の庵に招くと申されております」

でもソレイユが、僕やアイレナに対する物とは違う、丁寧な言葉でケイレルの疑問に答えを返す。

……まぁ、その客人とは間違いなくハイエルフ、黄古帝国の仙人達の言葉を借りるなら真なる人である僕の事だった。

何だかソレイユが仙人の側に立って、僕を重要な客人だなんて風に称するのが、違和感を覚えてたまらない。

今の彼女の立場を考えれば仕方のない話だけれど、何となくあんまり面白くないと思ってしまう。

ただ僕の個人的な感情はさておいても、ケイレルが長蛇公との会談に同席させようと僕を連れて来たのは、もしかすると失敗なんじゃないだろうか。

今回の会談は、エルフのキャラバンの代表者であるケイレルと、青海州の統治者である長蛇公との会談だった。

なのに今の流れでは、黄古帝国の仙人として僕を迎える事に重きが置かれてる。

このままだと、エルフのキャラバンの外側にいる僕と、長蛇公の会談になりかねない。

もちろん頼まれて黄古帝国まで来た以上は、取り成しくらいはするけれど、僕とエルフのキャラバンの利害は多くの場合一致するが、それでも部外者である事に変わりはないのだ。

長蛇公との舌戦を行ってまでエルフのキャラバンの利益を追求する立場かと問われれば、決してそうではなかった。

けれどもこんな時に頼りになるのは、やはりアイレナである。

「エイサー様は、長蛇公への取り成しと会談への同席はするけれど、話があるのはこのケイレルなの。それに私達が来た理由の半分以上は、もしかするとソレイユ、貴女に会えるかもって思ったからよ」

ちゃんとこの一行の主役は、僕じゃなくてケイレルである事を強調した。

この辺りは、やっぱり元々はエルフのキャラバンを率いてただけあって、単に困ってるだけの僕よりも対処が上手い。

まぁケイレルも大きな組織の代表だから、放っておいても自分でどうにかしたのかもしれないけれども、アイレナは自分の後継者を手助けしてやりたかったのだろう。

「はい、母様。あの、もしよければ、会談が終わったら一緒に町に出ませんか？　母様にも、この国の服を試して貰いたいんです」

その言葉に頷いたソレイユは、それから遠慮がちにアイレナを買い物に誘ってた。

遠慮がちなのは、やっぱり久しぶりに会ってるからだろうか。

喜びの感情は胸に満ちれど、それを素直に言葉に出すのは難しい。

だけど表情を見れば、その気持ちはちゃんと伝わる。

ただ少しだけ面白く思うのは、パンタレイアス島に居た頃はアイレナの仕事を手伝う事も多かったソレイユは、エルフのキャラバンの内情にもそれなりの知識があるだろう。

もしも仙人の道を選ばなければ、恐らくエルフのキャラバンの仕事に携わって糧を得ながら生きてた可能性が高かった。

けれども今、ソレイユが立つのは長蛇公の側だ。

縁とは、本当に不思議な物である。

ケイレルは、僕とアイレナの家族だからか、ソレイユに対して遠慮がちな様子だが……、もしかすると今のままでは、長蛇公に会う前に、ケイレルはソレイユに足を掬われてしまうかもしれない。

そうなった場合、僕はソレイユを褒めてやるべきなのだろうか。

僕が少し考えこんだからか、馬達は速度を緩め、チラチラとこちらを振り返る。

どうやら心配をさせているらしい。

まぁ、なるようにしかならないし、考え込んでも仕方ないか。

どの道、僕には商人、役人、貴族、そういった人種の会話の機微はわからないのだ。

遠く離れていても家族であるソレイユが仕事を頑張ってるなら褒めるし、ケイレルには求められた通りに長蛇公との会談に同席して、多少の口添えもするとしよう。

僕には、そのくらいしかできやしないのだから、できる事をすればいい。

◇◇◇

港町を出て暫くすると、街道を逸れて少し細めの脇道に入る。

馬達が思う通りに、……というよりはもう馬車が道を外れないように調節して牽いてくれているから何とかなっているが、正直、御者としては非常に怖い。

それから更に数刻進めば、馬車は近くに川の流れる小さな山の麓で止まった。

さて、ここからは山登りかと思いきや、その小さな山には山頂までの階段が彫られてて、一歩、そこに足を乗せると、段が流れるように動いて僕達を上に運び出す。

あぁ……、これは雲の上、巨人の国でも見た事があった。

何というか改めて、巨人と仙人の繋がりを感じる。

ただ僕と一緒に雲の上に行ったアイレナはともかく、ケイレルはこの不思議な階段に驚きを隠せない表情だ。

恐らくケイレルは、州の統治者としての長蛇公としか会った事がないのだろう。

仙人であるとは知っていても、それが具体的にどういった存在なのかを目の当たりにはしてこなかった。

恐らくは、特別に長命な人間くらいの認識しか、なかったんじゃなかろうか。

もちろんそれは仕方のない事ではあるけれど、まだ長蛇公に会ってもないのに、雰囲気に飲まれてしまうのはあまりよくない。

「ソレイユ、長蛇公ってどんな人なの？　お金儲けが得意って話は聞いてるんだけど、実際に会った事はなくてさ。今のところ、人を驚かせるのが好きなのかなって印象だけれど」

だからという訳ではないけれど、僕はソレイユに問う。

僕がこれまで会った仙人は、王亀玄女（おうきげんじょ）、白猫老君、竜翠帝君（りゅうすいていくん）の三人だ。

仙人達の弟子であった白狼道士も、今では南の大陸で立派な仙人となってるだろうから、それも含めれば四人になるが。

いずれにしても長蛇公は、今までに会った仙人達とは少し違う気がする。

僕に対しての心配りの数々、見せ付けるようなこの階段。

それらはとても、……そう、人間臭い。

王亀玄女は実直で優しいがその本質は求道者で、黒雪州の住人は地人だからいいものの、人間が多い州の統治者が彼女だったら、きっとそれは大きな不幸だ。

白猫老君は人間を理解しているが、結局のところはその興味は探究に向いてる。

竜翠帝君なんて浮世からはかけ離れた感性をしていて、本当に胡散臭（うさんくさ）かった。

もしも今回、僕らを出迎えるのが彼らだったら、その出迎え方は全く違う物だっただろう。

「長蛇公は、……うん、とても厳しい方だけど、多分一番、沢山の人が織り成す今の世界を大切にしてる仙人だと思うわ」

僕はソレイユの返事を聞いて、少し納得する。

これは勝手な想像だけれど、殆ど知らない鳳母（おうぼ）を除いて、ソレイユと一番気が合うのはもしかすると長蛇公なんじゃないだろうか。

少なくともソレイユの言葉には、長蛇公への敬意と親近感が含まれていた。

当たり前の話だけれど、僕とソレイユは種族も違えば気質も違う。

僕にとって気が合う、信頼できる仙人は王亀玄女や白猫老君となるけれど、それは彼らの武術や魔術に対する探究心に共感するからだ。

自分で言うのも何だけれど、僕はハイエルフなんて生き物だから、浮世離れしてるところもあるのだろう。

一方、少なくとも仙人の道を選ぶまでのソレイユは、地に足の付いた子だった。

いやもっと言い方を変えれば、比較的だが普通の子だったのだ。

サバル帝国の皇帝の娘と、生まれ付き背負った運命は重たい物だったが、それを本当はお金持ちの家の子だったなんて称するくらいに。

故に仙人でありながらも、己の道を探求するのみならず、『沢山の人が織り成す今の世界』との繋がりを強く保つ長蛇公に共感をするんじゃないだろうか。

何だか少し、安心する。

ソレイユが上手くやれてそうな事に、いや、それ以上に、彼女が仙人の弟子としての生活を、楽しめてそうな雰囲気に、安堵したのだ。

当然、仙人の修行には己の道を探求する強い気持ちは必要な筈だけれど、長蛇公はきっとソレイユを上手く導いているんだろう。

動く階段は僕らを山の頂上へ。

ちらりと窺えば、僕らの話に耳を傾けていたケイレルは、既に自分を取り戻してる。

振り返れば、遠目に港町が一望できた。

また一つ、長蛇公の人柄がわかったような気分だ。

これらを総合して考えると、長蛇公がエルフのキャラバンとの取引を縮小する事には、何か理由があるのだろう。

単なる自分の儲けとかそんな小さな話じゃなくて、もっと別の理由が何か。

或いはこれまで黄古帝国が大きな取引をしてくれていた事自体が、僕からの紹介ってだけではない特別扱いで、今はその理由が失せたのだとも考えられる。

エルフのキャラバンが海洋貿易を始めたばかりの頃は、同胞たるエルフを助ける為の力が必要だった。

それから後もエルフを守る為にキャラバンは確固たる立場を築き、影響力を持つ為に拡大しなければならなかった。

ついでに最近までは、南の大陸を支援する為にエルフのキャラバンには多くの稼ぎが必要だった。

そして今、エルフのキャラバンはもう十分過ぎる程に大きく、南の大陸への支援も、単なる支援から交易に変わって利を生み出すようになっている。

もう、長蛇公がエルフのキャラバンを贔屓(ひいき)にする理由がないと言えば、それは間違いなくそうなのだ。

ソレイユが、いや、今は仙人の弟子の聖鷲道士と称した方が良いだろうか。

いずれにしても彼女が目の前の、引き戸を開けて、

「ではどうぞ、中で長蛇公がお待ちです」

　僕らを中へ招き入れる。

草木や竹等で作られたのであろう庵は、ハッキリといって質素な代物だ。

取引相手との会談に使うなら、ケイレルもいっていた町中の官衙とやらの方が向いている。

だからこそ、この庵に招かれた事は間違いなく特別扱いだった。

パンタレイアス島でのアイレナが、客人をキャラバンの出張所ではなく、僕らの家でもてなそうとする感じか。

つまり基本的にはあり得ない事だ。

そして仮にそれをするならば、満たさなきゃならない二つの条件がある。

まず一つ目は、アイレナが自分の私的な空間に招いてもてなそうとするくらいに大切な客人である事。

二つ目には、その客人がそれを特別な扱いであると理解し、喜んでくれる相手である事だろう。

大きな屋敷を構えてるなら、客人をそこに招いて懐に入れるパフォーマンスをする場合もあるだろうが、この庵も、僕らが住む家もそうじゃない。

そんな場所に招いては、本来なら失礼にすらなるからこそ、理解してくれる大切な相手のみを招く。

本当に特別扱いだ。

「参られたか。エルフのキャラバン代表者、ケイレル殿。前代表者、アイレナ殿。お二方とは久しく。変わらぬ森人の方の姿には安堵しますな。……それから真なる人、エイサー殿。はじめてお目に掛かります。私が長蛇公と呼ばれる者です」

庵の中で僕らを出迎えたのは、鋭い目つきの壮年の男性。

やや痩せ気味の鋭利な輪郭が、神経質な印象を抱かせる。

他に特徴といえば、艶やかな黒髪と髭を長く伸ばしてて、その身体に真逆の白い蛇を這わせてる事だろう。

蛇……、なるほど、これが長蛇公か。

まず今回の会談の主役であるケイレルが、それからアイレナが挨拶を返すのを待ってから、僕は長蛇公を前に口を開く。

「はじめまして。エイサーだよ。僕は単なる付き添いみたいなものなんだけれど、出迎えにソレイユを寄こしてくれて、サイアーの子孫にも会わせてくれた事、本当に嬉しかった。ありがとう、長蛇公」

伝える言葉は、感謝しかない。

出迎えで受けた心遣いは、何よりも嬉しいものだった。

「喜んでいただけたのなら重畳(ちょうじょう)。貴方はこの黄古帝国にとって、いや、我々仙人にとって、他の誰よりも重要な客人だ。尤も、安易に歓迎してはならない客人でもあるが……、それでも私は、貴方に深く感謝をしてる」

長蛇公は僕の言葉に少しだけ唇を緩めて、……それから何やら気になる言葉を口にする。

重要な客人というのは、まぁわからなくもない。

歓迎してはならない客人というのも、そりゃあそうだろう。

同じ古の種族として真なる竜に影響を与えかねないハイエルフは、仙人にとっては丁重に扱うべき、けれどもなるべくなら国内に招き入れたくはない相手だ。

特に僕は、ハイエルフの中でも活発に動き回ってる方だから、そういう扱いになるのは頷ける。

ただ、感謝って何だろう。

仙人達、というよりは長蛇公が個人的に、僕に感謝するような事ってあったたっけ？

僕は疑問を抱いたけれど、しかしそれを問い質す暇(いとま)もなく、

「エルフのキャラバンの方々が参られた用件はおおよそ察しております。先触れの書状もいただきましたしな。しかしそれでも、まずはお聞かせ願いたい。ケイレル殿、今回の会談で何を話し合おうと仰るのか」

長蛇公の言葉に、エルフのキャラバンの代表者と、黄古帝国で海洋貿易の全てを司る青海州の統

治者による会談が始まった。

正直に言うと、僕は金勘定の話は苦手である。

昔、深い森から出てきてすぐ、ヴィストコートの町で出会ったアイレナに、硬貨の種類や価値を学んで覚えたけれど、金銭感覚はいい加減だ。

手に職があるからだろうか、それとも森に入れば飢える事がないとの自信があるからか、何というか、お金は適当に溜めて、適当に使って、もしもなくなったら稼げばいいって感覚が根底にあった。

尤も子育てをしてる時は貯蓄がなければ困る場合もあるし、何よりも子供に金銭感覚を教える必要があるから、色々と気にはするんだけれど……。

それが終わると適当に戻る。

後、こういう事を言うのはなんだが、アイレナと一緒にいると、彼女がお金持ちなので、緩々と稼ぐだけでも別に困る事ってそんなにないし。

だから基本的に、巨大な商会と東部で最大の国の商取引なんて、話についていける筈がないと思ってた。

いや、実際についていく事は無理だし、口なんて挟めないんだけれど……、不思議と彼らの話は理解できる。

もちろん僕の能力が急に向上する訳もないから、ケイレルと長蛇公が、わかり易く話してくれているのだろう。

彼らは共に、商業に関わってる時間が人間とは桁違いに長いから、そんな真似もできるのか。

ケイレルの主張は、エルフのキャラバンとの取引は黄古帝国にも大きな利益を齎すし、これまでだって齎してきた筈。

一方的にエルフのキャラバンが利を貪るような事はなく、誠実な取引を行ってきたと、事実に基づいての訴えだ。

ただその言葉が、長蛇公の心に響いた様子はなく、ケイレルの表情には焦りがある。

決して悪い話ではない、利も十分にある話の筈なのに、どうして長蛇公の反応が思わしくないのか、それを頭で考えても理解できなくて。

だけど僕は、恐らく金勘定にあまり興味がないからだろう。

長蛇公の考えが、全てではないけれど、一端はわかったような気がする。

恐らく長蛇公は、黄古帝国とエルフのキャラバンの双方に、敢えて大きな損をさせたいのだ。

前提が正反対なのだから、ケイレルの言葉が長蛇公に届く筈もなかった。

では一体、どうして長蛇公は敢えて損を選ぶのか。
そこを考える必要がある。

ヒントは、というかもうほぼ答えだと思うのだけれど、

『長蛇公は、……うん、とても厳しい方だけど、多分一番、沢山の人が織り成す今の世界を大切にしてる仙人だと思うわ』

ソレイユが口にしたこの言葉にあった。

要するに長蛇公は、エルフのキャラバンの一人勝ち、いや、黄古帝国も含めても二人勝ちの状態にしたくないのだろう。

もう少し噛み砕けば、商業の世界を長命種、長命者で牛耳ってしまいたくないというのがよりわかり易いか。

つまりは以前、僕がドワーフの国の王になる事を拒んだのと、根は同じだ。

長い時間を生きるエルフが商業を牛耳れば、人間はやがてそれに慣れてしまうだろう。

ケイレルがそうであるように、エルフの積み重ねる経験は人間の比ではない。

エルフが商業の世界で勝ち続ければやがて対立も、競争も起こらなくなり、緩やかに支配と停滞の時が始まる。

流通の全てを握られたなら、国ですらもうエルフには逆らえなくなっていく。

人間がエルフに頭を抑えられる事に慣れきってしまい、当たり前と受け入れた時、それはもう奴隷のような、というと言い方が非常に悪いけれど、近い存在になるんじゃないだろうか。

もちろん必ずしもそうなるって訳じゃないと思う。

ただ、長蛇公はその気になれば、エルフのキャラバンよりもずっと先に商業の世界を握れる個人

だ。

仙人である彼の積み重ねた経験は、エルフでも及びもつかない膨大なものだから。

でも彼はそうしない。

沢山の人が織り成す今の世界を大切に思うから。

なるべく多くの人が切磋琢磨して、新しい何かを生み出す事に期待をするから。

故にここから先も大きくなり続けるだろうエルフのキャラバンを小さくするか、それが叶わずとも今の規模に押し留めようとして、黄古帝国と互いに損をさせようとしている。

これが長蛇公の行動の理由だろう。


「わかられましたか？」

ふと気付くと、長蛇公は僕を真っ直ぐに見ていて、そんな風に問いを発した。

もしかして、表情に出てしまっていただろうか。

心の内を見透かされたみたいで、ちょっぴり焦る。

だがその言葉で、僕は自分の考えがおおよそ正しいのであろうと、確信を持つ。

「多分、大体は。やりたい事は理解するよ。ただ相互理解は必要じゃないかな。急過ぎると、職を失う人も沢山出るかもしれないし、そうさせない為に組織の長は必死になる」

ケイレルなら、アイレナの後継者たる彼ならば、ゆっくりと時間を与えられれば、自分で答えに行きつくかもしれない。

今はエルフのキャラバンを守らねばならないという責任感が、その答えに辿り着こうとする思考を阻害してるが、時間さえあれば。

けれどもケイレルが答えに辿り着くまで、のんびりと黄古帝国に滞在という訳にはいかない。

いや、ケイレルは良かったとしても、ハイエルフである僕が長々とこの国に留まるのは、黄金竜の存在を考えると問題だ。

「……ふむ、そうですな。私達は、仙人は、物事を勿体ぶる悪い癖がある。気を付けてはおりますが、いや、失礼しました」

長蛇公はそう言って、軽く頭を下げる。

あまりに素直に受け入れられて、こっちが却って恐縮してしまうけれど、驚きはない。

もう長蛇公がそういう人だと、薄々はわかっていたから。

「私が取引を縮小し始めたのは、エルフのキャラバンがこれ以上に拡大する事を防ぐ為。一強による支配は新たな芽を摘む」

少し穏やかな表情で、長蛇公は自分の長い髭をするりと撫でた。

これがドワーフなら、髭を扱くと称するべきだけれど、長蛇公のそれは同じ動作とは思えないくらいに品がある。

「同胞を救う為、同胞の立場を高める為、南の大陸を助ける為、エルフのキャラバンは大きくなった。それはよろしい。しかしそれも既に終えられた。これ以上の拡大は、誰の為にもならぬと考えるのです」

やはりそれも思った通りか。

エルフのキャラバンが力を付けないとならない時、黄古帝国は積極的に力を貸してくれた。

しかしその時は終わったと判断されたのだ。

ケイレルにも言い分はあるだろう。

上を目指す事をやめれば、待っているのは停滞じゃなくて緩やかな衰退だ。

ただエルフのキャラバンの外にいる僕から見れば、長蛇公の言葉に理があった。

長蛇公はエルフのキャラバンが上を目指し続けても尚、規模が大きくならないように互いに傷つけ合おうとしている。

「けれど真なる人、エイサー殿。先程も言いましたが、私は貴方に深く感謝をしている。北の大陸が焼かれる事なく、今も無事であるのは貴方のお陰だ」

でも更に続いた言葉は、僕に向けられて、あまりに意外なものだった。

あぁ、うん、まぁ、そんな事も、あったかもしれない。

別にそんな大げさな話じゃなくて、誰だって自分の住んでる場所や、好きな人々が焼かれそうなら、抵抗するのは当然で、僕もそうしたってだけなのだけれど。

「故に貴方が仰るなら、私は以前の通りにエルフのキャラバンとの取引をしましょう。如何か？」

そう言った長蛇公の目は真剣そのもので、……僕は思わず言葉を失う。

いや、それ、僕が決めなきゃいけないの？

◇◇◇

庵を出て、僕は大きく大きく息を吐く。

外は、既に日が沈んでいて、空には大きな月が浮かんでる。

「ね、父様。面白い人だったでしょ？」

吸い込まれそうなくらいに綺麗な月を眺めてると、ふと声を掛けてきたのはソレイユだ。

面白い人、というのは長蛇公の事だろうけれど、……まぁ、僕と話が合うかはさておいて、大分と面白い人だった気はする。

ただ、疲れた。

暫くはもう、難しい話は沢山だって思うくらいに。

「長蛇公は私に何度も言ってたよ。父様にはこの大陸を救って貰った恩が、母様には南の大陸を助けて貰った恩があって、エルフのキャラバンはとても立派な商会だって」

恩かぁ。

僕は、多分アイレナも、やりたい事をやっただけなのに、そんな風に思われても、何とも言えない。

まぁエルフのキャラバンが立派な商会なのは確かだ。

僕が気紛れで思い付いたエルフとドワーフの交易をアイレナが形にしてくれて、よくもまぁここまで育ったものである。

多くのエルフが関わってくれて、更に多くの人が加わって。

仙人である長蛇公が警戒心を露わにした商会なんて、他には存在しないだろう。

今、中ではケイレルと長蛇公が、アイレナの立ち会いの下で詳細な条件を詰めている。

これから、エルフのキャラバンと黄古帝国は契約を交わす。

両者の有する資産、握ってる流通が、北の大陸全体に対して一定の割合を超えないようにする契約だ。

逆に極端に下回った場合には、互いに助け合う事も契約の内容に含むそうだが。

僕がそうしろと言うならエルフのキャラバンと以前と同じ取引を続けるとの長蛇公の言葉に、待ったを掛けたのはケイレルだった。

長蛇公の行動の理由がわかった今、その必要はないと、ケイレルはきっぱりそう言って、詳細な契約を結ぶ事を提案したのだ。

だから僕は、難しい話からは解放されて、今はこうして空を見上げてのんびりしてる。

なるほど、ケイレルはやっぱり、アイレナの後継者に相応(ふさわ)しいエルフだった。

黙っていれば以前と同じ取引を続けられるかもしれない。

その状況で声を上げるのは、実に難しい事だったろう。

しかしケイレルの賢さは、長蛇公の意思を受け入れた上で、もっと詳細な契約を交わす道を選ばせた。

結局はそれが、エルフのキャラバンに長い安定を齎すと考えた上で。

「他の仙人も、色々と父様の話はしてくれるよ。あっ、父様、竜翠帝君の事を殴ったって本当なの？　相手は皇帝陛下だよ。駄目じゃない」

不意にソレイユに昔の失敗を持ち出されて、思わず咽（むせ）そうになる。

そんな事もやらかしたなぁ。

自信満々に殴ったら、相手が胡散臭かっただけで、そんなに悪い訳じゃなかったって話だ。

でも殴っちゃ駄目な理由が皇帝陛下だからというのはちょっと面白い。

それを言うなら僕は皇帝陛下の養父で、ソレイユは皇帝陛下の実の娘だった。

まぁ、大陸の正反対にある全く別の国の話だけれども。

「あの時は色々あったんだよ。起きそうになってる黄金竜に影響されてたし、竜翠帝君は思わせぶりな態度を取って来るからさ。黒幕かなって思ったんだよ」

少しみっともないけれど、口を尖らせて反論、というか言い訳を行う。

笑われるかな、とは思ったけれど、ソレイユは逆に納得した顔で小さく頷いた。

あぁ、やっぱり彼女も、竜翠帝君は胡散臭いと思ってるのか。

夜の風は心地好く、耳をすませば虫の音（ね）が聞こえる。

パンタレイアス島を出発した時は夏だったのに、もう秋になっていた。

いや、たった季節の移り変わりが一つだけで、この黄古帝国にまで来れた事に、驚くべきなのかもしれない。

「話し合い、上手くいくといいね」

ソレイユの言葉に、僕も頷く。

彼女とてエルフのキャラバンでは、色々と仕事を手伝ってた身だ。

多少の思い入れはあって当然である。

後ろの小さな庵の中では、世界を左右するかもしれない話し合いが続いてた。

いいや、自分達で世界を左右しない為の話し合い、と言った方が正しいのか。

いずれにしても、偉く規模の大きな話が、小さな庵で行われている。

それが何とも面白くて、僕の顔には自然と笑みが浮かぶ。

「上手くいくんじゃないかな。僕には商売の事なんてさっぱりわからないけれど、長蛇公が分野は違っても王亀玄女や白猫老君と同じく、或いはそれ以上に凄い仙人だって事はわかったよ」

別にこれまで長蛇公を侮っていた訳ではないけれど、彼の得意分野は僕には理解が難しかった。

王亀玄女や白猫老君は、その得意分野に関しての知識があるから、彼らの凄さがすぐにわかったけれども。

だったら会った事のない凰母とやらも、きっと何かが凄い仙人なのだろう。

そしてソレイユは、そんな仙人達に囲まれて弟子をやってる。

あぁ、ちゃんと恵まれた環境に居るのだなと確認できて、嬉しい。

それから僕は、ソレイユと他愛のない話をした。

王亀玄女の訓練が厳し過ぎるとか、白猫老君は見た目がお爺ちゃんだから重い物を担いだりしてるのを見たら心配になるとか、そんな話を。

なんでも白猫老君は、今でも自分で鍛治を続けているらしい。

個人的には今の僕の剣が、どこまで王亀玄女に通用するか試してみたくはあるけれど……、流石にそれをしようと思えば長く黄古帝国に留まり過ぎる事になる。

王亀玄女が黄古帝国を離れないなら、僕との手合わせが実現する事はないだろう。

「ねぇ、父様。もう一度、父様がこの国に来た時の事を聞かせて。今度は、ちゃんと全部、詳しくね」

ソレイユは、また随分と時間の掛かりそうな話をねだる。

だけど恐らく、庵の中で行われてる話し合いはそれ以上に時間が掛かるから。

僕は頷き、時間潰しに過去の話を語り始めた。

今のソレイユになら、敢えて伏せてた裏話の類も、きっと話しても大丈夫だろうから。

どうやら僕の事を好き勝手に話してくれてる仙人達への、いい意趣返しにもなると思うし。

第三章
流れる時と美味い酒

僕が黄古帝国から戻ってまた十数年が経ち、五百五十歳になった年の話。

この年で、僕は深い森を出てから、アイレナやアズヴァルドに出会ってから、丁度四百年が経った事になる。

区切りが良かったからって、何かが起きるって訳じゃないのだけれど、動く言い訳には丁度良かった。

折角区切りがいい年だからと、ヒイロに乗って南に飛び、あの肉がとても美味しいアザラシの魔物を狩って持ち帰ったり、調理を依頼した料理人にお願いだから定期的に狩って来てくれと頼みこまれて断ったり、その肉を干して酒のアテにちょうどいい塩梅(あんばい)を探したり。

何か理由、言い訳があれば、普段はしない事もしようって気分になるから。

そう、出来上がった干し肉と選んだ酒を土産にして、アズヴァルドの墓参りに僕は向かう。

出発は人目の少ない夜中。

水の精霊に支えられながら海の上を歩き、パンタレイアス島を十分に離れたところで、不死なる鳥、ヒイロを呼ぶ。

その背に乗って一昼夜、プルハ大樹海の上を通るルートで、北の大山脈にあるドワーフの国へと。

空から見下ろすプルハ大樹海は、僕が初めて外に出た頃と、きっと何も変わってない。

木々の間に、何やら大きな生き物が見える。

背の高い木々よりも更に頭一つ大きくて、樹海から頭だけが飛び出て見えるあれは、恐らく巨大な熊の魔物が後ろ足で立ち上がっているのだろう。

仮にあんな魔物がプルハ大樹海を出て人間が生きる国々に辿り着けば、一体幾つの国が亡びる事になるのか。

今の世界もいずれ竜の炎に焼かれるが、そうでなくても脆く儚い物に思えてしまう。

それでも皆が今日も懸命に生きていて、世界を明日に繋げていく。

この世界は愛おしく、だからこそ余計に如何ともしがたい。


ドワーフの国へはミスリルの腕輪を見せて名乗れば、今回は昼間の到着だった事もあってか、すぐに通して貰えた。

この国にも、もう僕の直接の知人は殆ど居ない。

以前、国中のドワーフの学校を回って子供達に大陸の話をした事があるけれど、あの時の子らも既に世界から旅立ってる。

それだけの時間が過ぎていた。

なのにこんなにもスムーズに入国が叶うのは、アズヴァルドが王としての最後の命令で、僕の事を言い伝えるようにとドワーフの民に指示をしたからだ。

ドワーフの友にして、国の民。

そしてドワーフの王にすら匹敵する名工と、僕を称して。

実際のところは、どうなんだろうか。

今のドワーフの王は知らないけれど、最盛期のアズヴァルドには、まだ追い付けた気はしない。

あぁ、でも、剣や刀に限定してなら、彼に劣らぬ物が打てるとは思う。

いずれにしても、その言い伝えのお陰で、僕は止められる事なくドワーフの国に自由に出入りできていた。

見知らぬドワーフ達も、僕を見て、腕輪を見て、納得したように頷く。

自分は相手を知らぬのに、相手からは知られてるというのは、一人や二人ならともかく、国中の皆がそうだと、少しばかり妙な気分にさせられる。

だがまぁ、取り敢えずは宿だ。

ヒイロの背に揺られる旅は、楽ではあるけれど動き回れる自由は少ない。

睡眠、食事にも向かぬから、僕は今、割と眠いし腹も空いてる。

墓参りに向かうのは、腹を満たして一眠りし、夜になってからでいいだろう。

ドワーフの国には自国民以外の出入りが殆どないから、宿が片手の指に足りない程度しかない。

ただ最近では稀にエルフのキャラバンが大切な取引の為にわざわざドワーフの国までやって来たり、或いはドワーフがたまの贅沢として外泊と食事を楽しむ事があるので、数少ない宿はどれも少し洗練されて高級な物になってる。

宿泊を申し出ると、宿の主人は大喜びで僕を部屋に案内してくれた。

鍛冶師以外の仕事をしていても、ドワーフの民は殆どが鍛冶に対する思い入れがあるし、名工に対する畏敬の念が強い。

まして僕は、一応はドワーフの王に匹敵する名工って事になってるらしいから、宿の主人は宿泊を歓迎してくれたのだ。

ありがたい話ではあるけれど、別に自分が何かをした訳でもないので、どうにもむず痒く思ってしまう。

尤も宿の主人が張り切って用意してくれた食事は、食材はドワーフの国で得られる物ばかりだけれど、手は込んでいて美味しかった。

例えば、メインの山羊肉のステーキも、単に焼いてるだけじゃなくて何かしらの工夫を凝らしているらしく、臭みを殆ど感じない。

僕は以前、ドワーフの国にはそれなりの期間滞在したから山羊肉も別に苦にしないけれど、独特の臭みを苦手とする人もいる。

しかしこの宿で出された山羊肉のステーキは、臭みは感じないのに旨味は強く、またしっとりと柔らかかった。

一体どういう魔法だろうか。

食べてみても全くわからない。

熟成か、燻製か、それとも塩水に漬けてたか、僕にはそれくらいしか考えつかないけれど、きっと違うのだろう。

調理に山羊乳から作ったバターを使ってる事は何となくわかったが、それだけで肉の臭みが消えるとは思わないし。

恐らく何らか、手間暇の掛かる方法で肉を美味しくしてる。

そしてそれは肉料理だけでなく、スープもサラダも、芋粉のパンも、全てがそうだ。

墓参りの土産には酒を選択したから、今は酒精を入れる気はあまりなかったのだけれど、料理の美味しさについつい杯を重ねてしまう。

もちろん、泥酔する程ではないけれど。

食事と酒で重くなった腹を抱えて部屋に上がり、ベッドにゴロリと横になれば、酒気のせいか、眠気はすぐに訪れた。

僕が目を覚ましたのは、時間で言えば真夜中にあたる時間帯だった。

宿の主人が、僕が寝ている間にドワーフの王の使いが来て、後日でいいから顔を出して欲しいと伝言を頼まれたと教えてくれる。

まぁ後日でいいと言うのなら、後日に顔を出すとしよう。

今回、僕の来訪目的はアズヴァルドの墓参りで、ドワーフ王の顔を拝む為じゃない。

ただ今のドワーフの王がどんな職人なのかは興味があるから、余分に数日滞在するくらいは容易(たやす)

い事だった。

基本的に、僕の時間は沢山あるのだ。

さて、目的地の墓地は、地下都市であるドワーフの国の中でも、更に下層に潜った場所にある。

この世界では死者の骸（むくろ）に魔力が、正確には歪みの力が働き掛けて、屍人（しびと）と呼ばれる魔物にしてしまう事があった。

故に死者を弔う時、屍人にならぬように処置を施す。

そのやり方は、種族や地方によって様々だ。

例えばある地方の人間は、葬る際に骸の腹を切って開く。

こうする事で死者を変質させる力が、体内に溜まる事を防ぐのだとか。

そしてドワーフに伝わるその処置は、火葬だった。

鍛冶を愛するドワーフは、火に親しみ生きる種族だ。

だから死んだ後も、火の力を借りた弔いを行う。

火と一つになった後、残った骨灰（こっぱい）を壺に詰め、それを墓に納める。

或いはそれは、国を広げるには開拓ではなく、地を掘る手間を余分に掛けるドワーフなりの、場所の節約方法なのかもしれない。

まぁいずれにしても、ドワーフの墓地は下に向かう地下道を通った先、町から離れた場所にあり、光を放つ苔が多く植えられているので、昼でも真夜中でも特に環境に変化はなかった。

とはいえ、ドワーフであっても真夜中に好んで墓地に行く者はそんなに居ないが。

少し薄暗くて長い地下道を抜けると、植えられてる苔の量は一気に増えて、青白い独特の光が墓場を照らす。

空気はひんやりと冷たく、静かで、……あぁ、まるで幽霊でも出てきそうな雰囲気だ。

だけどその事に、特に怖さは感じなかった。

何故なら、この場所に出てくる幽霊なんてどうせドワーフだし、用件だって酒が飲みたいとかそんなだろう。

そんなの、生きてるドワーフと何も変わりはしない。

また僕は、再会できるなら幽霊でもいいから、アズヴァルドとは再会したいし。

もちろん、そんな都合の良い話があり得ないって事くらいは、十分にわかっているけれども。

僕は前世の記憶を持つハイエルフだから、魂が存在すると体験を以て知っていた。

ただ精霊が見れるこの目でも、幽霊を目の当たりにした事はない。

ハイエルフとして生きる時間を終えた後、精霊になった者の姿は見えたから、幽霊も存在してるなら僕のこの目で見える筈なのに。

……つまりこの世界に、幽霊は存在しないのだろう。

なのに、本当に不思議なのだけれど、墓に参ればどうしてか、故人をとても良く思い返せる。

ドワーフの王だったアズヴァルドの墓は、墓場の奥、歴代の王の墓が並んでる場所にあった。

尤もだからといって、特別に大きな墓が建てられてる訳ではない。

一般的なドワーフはその家の墓があって、家族と共に眠るのだけれど、王やそれに準じる功績を挙げたドワーフは、個人の墓を持つ事が許される。

アズヴァルドは、あぁ見えて意外に寂しがりだったから、家族と共に眠る方が良かっただろうに。

目当ての、アズヴァルドの墓の前に立つ。

墓といっても、個人の墓を持つドワーフの場合は、故人が挙げた功績を刻まれた石碑があるだけで、骨灰を詰めた壺がこの下に納められてる。

但しアズヴァルドの墓だけは、石碑に並んでもう一つ、えらく目立つものが置いてある。

それは以前に僕が彫った、アズヴァルドの彫像だ。

一人だけ墓にこんな物を置けば、そりゃあ悪目立ちするとアズヴァルドだってわかってただろうに、それでも彼は、僕の彫った彫像を墓に置く事を望んだらしい。

本当に、友達甲斐のある男だった。

この場所は、ドワーフの国でも更に地下にあるから、風雪に晒(さら)される事なく、彼の姿は長く残るだろう。

僕はそれが、あぁ、とても嬉しい。

アズヴァルドの石碑に目をやると、そこは刻まれた文字で一杯だ。

それだけ、彼が在位中にドワーフの国の為に成した事は多かったという証明である。

でもその中には、王になる前からミスリルを鍛えただとか、戦士の休息場である温泉地を作っただとか、刀の材料となる玉鋼の生産地を整えただとか、僕が関わった件も幾つかあって、読めば懐かしさと共に何故だか笑ってしまうけれども。

「約束通りに、また来たよ。クソドワーフ師匠」

まぁ取り敢えず、僕は墓の前に座り込み、声を掛ける。

当然、返事なんてない。

目の前にあるのは、彼の軌跡を刻んでいても単なる石碑で、姿を模していても単なる石像で、アズヴァルド自身ではないから。

しかし不思議と、……フンと、彼が鼻を鳴らした音が聞こえたような気がした。

それはきっと僕の感傷で、幻聴だけれど、きっとこれを聞く為に、僕はここに来たのだろう。

正直、もう会えない事を寂しくは思うけれど、哀しくはない。

アズヴァルドは精一杯に生きて、子孫を残し、皆に慕われて、そして死んだ。

誇らしい程に立派な師であり、友だった。

彼が僕に遺してくれた物も、また多い。

カエハが僕の剣技の中に在るように、アズヴァルドもまた、僕が振るう鍛冶の技に宿ってる。

故人を偲びはすれど、喪失を僕は受け止めて、ちゃんと受け入れる事ができていた。

僕は持参した酒を二つの杯に注ぎ、一つに口を付ける。

今日は昼間も飲んだけれど、もう一度酒盛りだ。

アズヴァルドの墓を前に酒を飲み、持参した干し肉を齧(かじ)ってると、色んな事を思い出す。

例えば、彼が好きだった酒のつまみが、鹿の干し肉だったとか。

それも単なる鹿じゃなくて、プルハ大樹海に生息する鹿の魔物で作った干し肉だ。

質実剛健ってイメージのあるアズヴァルドだけれど、酒とつまみに関しては意外に贅沢者だったりもした。

懐かしみながら酒を口に運ぶ。

人は生まれ、やがて死ぬ。

いずれ消えてしまう儚き者。

人間もドワーフも、エルフだって同じだ。

昔、ハイエルフの長老、僕の祖父のサリックスは、儚き者との関わりは後に感傷以外は残らないと称したけれど、それはやっぱり違うと思う。

確かに死は別れであり、残った繋がりも時と共に薄れ行く。

それでも彼らの与えた影響が、今の僕を形作ってる。

僕というハイエルフがやがて精霊となり、世界の終わりまで在るのなら、彼らが僕に刻んだ何かも、きっと不滅の物なのだ。

まぁ、酔っ払いの戯言(たわごと)だけれど。

今夜の酒は、味わいが深い。

さて、ドワーフの国から戻った僕が取り掛かったのは、古い知人達の姿を彫像として残す作業だ。

これまでも少しずつは進めて来てたのだけれど、アズヴァルドの墓の前で酒盛りをして、懐かしさが募ったらしい。

ただこれには問題が幾つかあった。

それは別に僕の彫刻の腕がどうこうって話ではなくて、完成した彫像をどうするのかって問題だ。

もっと具体的に言うなら、パンタレイアス島には数多くの彫像を保管しておくような場所がない。

島民を楽しませる為の彫像なら、多少の場所を取っても問題はないが、僕が今から作ろうとしてるのは、あくまで僕の知り合い達の彫像である。

それを島の広場に置かせてくれれば、少しばかり勝手が過ぎるだろう。

また洋上にあるパンタレイアス島は、潮風が吹き付け、彫像が長く姿を留めるには向いていない。

僕が望んだのは大切な人達の姿を、僕の記憶以外のどこかに保存しておく事。

その場所としてこのパンタレイアス島は、あまり適した場所じゃなかったのだ。

ならばいっそ引っ越そうか。

僕がそう言えば、きっとアイレナも頷き、付いて来てはくれるだろう。

彼女がこのパンタレイアス島の責任者の地位を、そろそろ誰かに譲りたがってるのは知っている。

元々アイレナがエルフのキャラバン内に影響力を保ち続けようとしたのは、僕が南の大陸への支援を望んでいたからで、それも既に終わった話だ。

それにあまり考えたくはないけれど、長命のエルフだってずっと生き続ける訳じゃない。

彼女が生きる時間は、残り百年か……、どんなに長くても二百年には届かない程度。

人間の感覚で言えば十分過ぎる程に長い時間に思うかもしれないが、僕やアイレナにとってはそうじゃなかった。

終わりは既に見え始めてる。

だからアイレナは、そのうちエルフのキャラバンの仕事を辞めるだろう。

もちろん唐突に、じゃなくて後任を見付け、育てて仕事を引き継いでからにはなると思うけれども。

でもアイレナの仕事に関しては問題がないにしても、これ程に長く住んだ場所を離れるのは、少しばかり惜しく感じる。

僕もエルフのキャラバンを手伝って、この島の開発には最初から関わった。

船着き場や道の整備をしたり、頑丈な港が完成するまでは嵐を遠ざけたり。

島に建ってる家々に使われた釘や金具は、僕が生産した物が八割か九割を占めるだろう。

昔、鍛冶を習い始めた頃、ずっと釘や金具を作ってたら町中の殆どを僕が作った物で埋めれるなんて風に考えた事があったけれど、この島でそれを実現させてしまった。

要するに、そう、僕はこの島に愛着が湧いている。

普段はそんなの意識しないけれど、いざ離れる事を選択肢に入れて考えてみると、意外な程に拒否感があった。

あんなにも、フラフラと大陸のあちらこちらに出掛けたり、南の大陸にだって行ったりしてたにも拘(かか)わらずだ。

また、僕のように色々と旅に出がちな者にとって、このパンタレイアス島は非常に便が良い。

大陸の各地に行く船は引っきりなしに出入りしてるし、海を歩いて洋上に出れば人目を避けられるから、ヒイロを呼ぶ事も容易かった。

そう考えると、今はこの島を離れる選択肢はないなぁと思う。

仮にアイレナがそうしたいと言うなら話は別だが、彼女にとってもここは思い出のたくさん詰まった場所だろう。

だったら、最初の問題に戻るのだけれど、彫像の置き場はどうしようか。

ゆるゆると石を彫り、製作を進めながら、僕は考える。

一つや二つなら、欲する者はいる筈だ。

例えばアイレナの彫像なら、この島の広場やエルフのキャラバンの出張所に、置きたいと言われるかもしれない。

しかし僕は一人や二人じゃなくて、大切に思う人々、皆の姿を彫って保管したかった。

でも一体、どこの誰がもう存在しない僕の大切な人々に興味を持つ？

山に洞窟でも掘って彫像を並べてもいいけれど、何だかどうにも違うのだ。

厄介な事に僕は、彫像を通して、大切な人々の姿を、誰かの記憶に残したいと思ってる。

だがそこまで自分の思考、欲求を整理すれば、どうするべきかは自然と分かった。

僕の大切な人々の姿を、誰かの記憶に残したいなら、それをずっと残してくれる者の目に触れるようにすればいい。

そう、それは、僕と同じ古の種族。

世界の終わりまで在り続ける、不滅の者達。

昔、僕の話をずっと聞いてくれた黄金竜なら、大切な人々を模(かたど)った彫像を保管し、その姿を記憶に留めてくれるだろう。

雲の上、巨人達が暮らすあの城なら、彫像を並べておける部屋もある筈だ。

何時か世界が焼かれた後、雲の上に匿(かくま)われた人々がその彫像を目にすれば、その時に何を思うだろうか。

大きく育ってハイエルフの聖域に収まらなくなった不死なる鳥、ヒイロは別の場所に巣を作って、普段はそこで身体を休めてた。

ヒイロなら、巣に彫像を置いても、大切に愛でてくれる筈。

そして精霊達は、彫像だけじゃなくて僕が製作した全ての品を、いや、僕の歩んだ軌跡すらも、きっと何一つ溢(こぼ)さずに記憶してくれている。

精霊がそれを語る事はしないけれども。

◇◇◇

僕の中の、友人達の姿を残したいって気持ちがどの程度で満足するのかはわからないけれど、まずは黄金竜から始めようか。

そう考えて、僕は黄古帝国の仙人達に向けた手紙を書く。

パンタレイアス島から黄古帝国に向かう船は沢山あるし、仙人達なら黄金竜の塒(ねぐら)に影像を運び込む事も容易い筈だ。

つまり比較的だが容易に影像を送れる。

もちろん比較対象が雲の上とか、ヒイロの巣だから容易に思えるってだけで、本当なら海の向こうに影像を運ぶのは一苦労どころの話じゃない。

しかし以前の話し合いでエルフのキャラバンと黄古帝国の繋がりはより深くなったから、恐らくこの話は通るだろう。

黄古帝国の仙人達にとって、最大の関心事は常に黄金竜の状態にある。

眠れる黄金竜の慰みとなるであろう今回の件を、彼らが拒否する事はない。

黄金竜なら、眠っていても塒に運び込まれた物が何であるかを察し、喜んでくれると思う。

一番喜ばれるのは、僕が影像を直接運び込んで、黄金竜に思い出話をする事ではあるのだけれど、それにはきっと十年や二十年の時間が必要になる。

今は流石に、そこまでの時間はかけられなかった。

あと百年……、二百年に足りない時間をアイレナと過ごし、彼女を喪った後ならば、あぁ、黄金竜と話しに行くのも悪くない。

その時は、やっぱり随分と落ち込んでいるだろうから、以前のように歩いて旅して、黄金竜に会いに行こう。

僕が黄金竜の下に辿り着いた時、彫像達が一緒に出迎えてくれたなら、……それはとても慰めになる。

まぁ、今からそんな事を考えても仕方ないけれど、取り敢えず方針は決まった。

石を彫ろう。

最初はやはりロドナーだ。

僕が出会った最初の人間。

町という人の営みの場を守る門番、衛兵。

旅をする中で、僕はとても沢山の人間の嫌な部分を見てる。

他の種族を隷属させたり、同じ人間同士で争ったり。

だがそれも人間の一面に過ぎず、良い部分も多くあるのだと、何等かの理由や経緯だってあるのだと、嫌な部分にばかり目を向けずに済んだのは、最初に会った人間がロドナーだったからだ。

仮に最初に出会ったのがロドナーじゃなくて、とても邪(よこしま)な誰かだったなら、僕はその後、もっと疑念の目で人間を見るようになってたかもしれない。

もしもそんな風に人間を見るようになってたら、その後に出会った、カエハやノンナやカウシュマンとの関係も、恐らく全く違う物になってただろう。

いや或いは、出会ってすらいないのか。

だからという訳ではないけれど、一振り一振りに念を、感謝を込めて、石にロドナーの姿を彫り出していく。

自分の手で、単なるゴツゴツとした石が姿を変えていく事が楽しい。

自分の頭の中にしかなかった姿が、少しずつ世界に現れて行くのも楽しい。

鍛治も楽しいけれど、彫刻もまた楽しかった。

僕は本当に幸運だ。

好きなものを沢山見付けて、その全てを長く楽しめているのだから、こんなに贅沢な事はない。

恐らくは、どれも教えてくれる人が良かったから。


それはさておき、実はこれまでにも、僕の大切な人々の影像は、何度か試作をしてる。

ロドナーだけじゃなくて、クレイアスにマルテナ、それからアイレナも。

アズヴァルド、クソドワーフ師匠に関しては墓に飾ってある奴もそうだし、カエハやその母、クロハもだ。

それからカレーナ、グランドにドリーゼ。ノンナやカウシュマン。

ウィンにシズキにミズハに……、数えれば両手両足の指を使っても全然足りない数の人々の影像を、僕は既に一度は彫った事がある。

ただ今回は、その全員分を、僕が満足行くものになるまで彫ると決めた。

手はスムーズに留まる事なく動く。

石がどんな風に削られたがってるかも、手に取るようにわかった。

まるで僕が、地の精霊そのものになったかのように。

或いは実際にそうなのかもしれない。

時折、ずっと変わらぬ肉の身体を、枷に感じる事がある。

海から大きな風が吹く時、心はそれと一緒に大空へ舞い上がろうとするのに、肉の身体に地に繋ぎ止められた……、といった具合に感じたりと。

以前にはなかった感覚だから、きっとこれがハイエルフが齢を重ねるって事なのだろう。

肉体の中で、魂が少しずつ精霊に近付いて行く。

幼虫が、いずれ脱皮して成虫へと変わるように、僕もやがて肉の身体を脱ぎ捨てて精霊になるのか。

もちろん僕が精霊になるのは、今すぐじゃなくて数百年は先の話だけれど、最近は以前にも増して時間の流れを速く感じる。

肉の身体があるうちにしておきたい事は、早めに片付けた方が良いかもしれない。

アイレナが居てくれる間はともかく、喪ってからの時間は、それこそ瞬く間だろうから。

一ヵ月か二ヵ月くらい掛けてロドナーの彫像を完成させ、僕が得たのは達成感と、どうしてだかわからないけれども、喪失感だった。

人の良さそうな彼が浮かべる穏やかで優しい笑みを、彫像はちゃんと表現してて、声が聞こえて来るような気さえする。

間違いなく、いい出来だ。

僕は一晩、彫像のロドナーと向かい合って……、いや、実際に対話ができる訳じゃないけれど、対話をする様に思い出を噛み締めてから、布などの緩衝材を巻いて梱包し、船で送る準備を整えた。

まだまだ先は長いけれども、大切な人々の姿を彫りたいという意欲は、より高まってる。

折角だし、僕が出会った事のある仙人の影像も、彫って黄古帝国に送ろうか。

王亀玄女に白猫老君、竜翠帝君に長蛇公。

黄古帝国の仙人の中で、凰母にだけは会った事がないから無理だけれども。

まぁそれに関しては、顔を見せなかったあっちが悪い。

ジゾウの彫像と一緒に自分の物も送られて来たら、王亀玄女はどんな顔をするのだろう。

想像すると、実に楽しい。

でも取り敢えず、少し休もうか。

朝ご飯はちゃんと食べないと、アイレナに叱られてしまうから。

叱ってくれる人がいるのは幸せな事だけれど、その為に彼女を煩わせるのはあまり良くない。

次の彫像にはご飯を食べて、少し眠ってから取り掛かろうと思う。

彫像を製作しては交易船に積んで黄古帝国に送ったり、夜中に小舟に積んで島を離れ、目立たぬ場所で不死なる鳥のヒイロに積んで雲の上に運んで貰ったり。
そんな事をしていたら時間はあっという間に何十年かが過ぎて、僕は六百歳を越える。

尤も求められたら船や家の補修用の金具とか釘を作ったりはしてたから、ずっと彫刻ばかりをしていた訳じゃない。

釣りにも行ったし、時々だけれど島にあるヨソギ一刀流の道場にも顔は出したし、色々とやってたからこそ、何十年もの時間が掛かったのだ。

そして僕が彫像の製作を終えた頃、パンタレイアス島では少しばかり印象深い出来事が起きていた。

この何百年かでパンタレイアス島は発展し、住人も大きく数を増やしたけれど、それでも島には住める数に物理的な限界はある。

発展の度合いで言えば、大陸にある町にも引けは取らないどころか上回ってさえいるが、人口に関しては及ばないのが実情だ。

だからこれまではあまり問題にならなかったのだけれど、この島には神術、または法術とも呼ばれる能力を発見、鍛える為の施設が存在しない。

神術、または法術とも呼ばれるそれは、厳しい修行によって鍛えた精神力や強く信じる心が引き起こす奇跡であり、簡単に言えば超能力だ。

この世界では、教会等の宗教施設が読み書きや計算を教える事が一般的だが、その際、集まった子供に神術の才能がないかをテストし、そこで才ある子供を見出(みいだ)したら本部に送ると言う役割を持っていた。

見出された子供の家には多額の謝礼が支払われるし、本部に送られた子供は教会組織の未来を担う存在として、神術の能力開発と共に高度な教育を受けるという。

だがこのパンタレイアス島は、大陸の各地から集まった人々、或いはその子孫が住んでいて、信じる宗教はバラバラである。

もしくはこの島を栄えさせ、守るという現世利益を与え続けた存在、アイレナこそが信仰されてるといっても、そんなに過言じゃないかもしれない。

まぁ要するに、この島では特定の宗教が力を持つ事は殆どなく、島の子供達も読み書きや計算に関しては、エルフのキャラバンが設けた学び舎で教わっていた。

故にこれまでも、恐らく神術の才能を秘めた子供はいた筈だ。

けれども発見されず、訓練を施される事もないパンタレイアス島では発現せずに、眠ったままに埋もれたままに終わっていたのだろう。

それに関しての是非は、僕には何とも言えない。

全ての才が発掘される事が、必ずしも幸せに繋がるとは限らないし。

神術の才を見出され、宗教組織の未来を担う存在として本部に引き取られるのと、親元で暮らすのとでは、果たしてどちらが幸せなのか。

才の多寡もあるし、親といっても色々だ。

大輪の花を咲かせる才もあれば、その才を横で見続けて、花咲かぬ己に苦しむ事だってあるかもしれなかった。

子を優しく見守る親もいれば、酒に酔って子を殴る親もいるだろう。

何が正しく何が間違っていて、幸せや不幸せに繋がるのか、それを僕が口を挟む立場ではないから、是非に関しては何も述べない。

ただ、パンタレイアス島には神術の才能を発掘する為の場は存在せず、これまではそれでやってこれたという事実だけがある。

しかしそれは、子の秘めた神術の才が、開発せねば発現しない程度の物だから、これまで問題がなかっただけの話だ。

例えば、もう随分と昔の話になるけれど、大陸東部の大草原に暮らしてたダーリア族のジュヤルは、生まれ付きその視線は炎を纏ったという。

能力開発等受けずとも、発火能力を生来の物として発現させていた。

もちろんそこまで神術の才に溢れる子供は滅多に現れたりはしないのだけれど、一人でもそういった例がある事を知っていたのに、僕は次があるなんて考えもしなかったから。

僕が一言でもそれに関して意見を述べていたら、アイレナだって事前に対策を打ててたかもしれないのに。

そう、パンタレイアス島に起きた印象深い出来事とは、生来の神術使い、生粋の超能力者の誕生だった。

幸いだったのは、その子の持って生まれた神術が、殺傷能力とは無縁な代物だった事だろう。

もし仮にその持って生まれた神術が、ジュヤルのように発火能力だったら、暴走して父母や周囲を傷付けたり、或いは殺してしまう場合すらあったかもしれない。

そんな風に考えたら、以前のダーリア族でジュヤルが己の神術を制御できるようになる年齢まで生かされていたのは、実は凄い事だったのだと、今になって思う。

炎の子という立場に祭り上げ、生きた兵器として戦いに投入されてたけれど、持て余して殺されていた可能性だって、皆無じゃなかっただろうから。

僕にそんな事を考えさせるくらいに、生来の神術使いとして生まれて来たその子の存在は、パンタレイアス島に騒ぎを起こす。

本人には悪気はなく、過ぎ去ってしまえば思い出話にできるだろうけれど、まるで小さな嵐のように。

その小さな嵐の名前は、パドウィンといった。

パドウィンが神術を発現させている事が発覚したのは、まだ彼が生後五、六ヵ月くらいの時だ。

母親がパドウィンを抱きかかえ、仕事に行く父親の背中を見送る最中、不意に母親の腕の中の重みが消え、父親は背中に衝撃を感じた。

そして母親の絶叫に即座に振り向いた父親がみたものは、地に落下する我が子、パドウィンの姿。

理解は働かずとも父親の身体は動き、パドウィンが地にぶつかる前に何とか受け止める。

普通に考えれば、母親が父親の背に、パドウィンを投げ付けたのかと思っただろう。

だが父親は、自分の妻がそんな真似をするような女でない事くらいは知っていたから、その日は港での荷運びの仕事を休み、パニック状態の母親を宥めて事情を聴き出す。

そして判明したのが、母親の腕の中からパドウィンが突然消えて、父親の背にぶつかるように現れたという事だった。

まるで仕事に出掛ける父親に付いて行こうとするかのように。

普通ならあり得ない事だけれども、父親はその話を即座に信じた。

何故なら、受け止めた自分の腕の中からもパドウィンは消え、気付けば床に寝転がって泣いていたから。

そう、パドウィンの持って生まれた神術は瞬間移動。超能力でいうところのテレポーテーションだったのだ。

もうこうなると、パドウィンの父親も母親もまともに生活するどころじゃない。

我が子がどこかに消えてしまわないように常に見張り、神経をとがらせるようになる。

幸いだったのは、パドウィンが移動できるのがごく短い範囲だった事だ。

仮に父母の手の届かない距離に瞬間移動してしまってたら、下手をすればパドウィンはそれで死んでいたかもしれない。

恐らくこれは、赤ん坊の視力が弱く、生後五、六ヵ月くらいではごくごく近い範囲しか見えていないから、パドウィンは近くにしか瞬間移動をできないのだと思われた。

逆に言うとこれまでは、瞬間移動を活かせないくらいに目が見えていなかったのだろう。

しかしそれでも、手に負えない子供を抱えた父母の生活の破綻は見えていて、本来ならここで、自分達が信じる宗教の聖職者を頼る事になるのだ。

超能力を神術と称し、能力開発を行って使い手を集める宗教組織は、その扱いにも慣れている。

高い才能を示す神術の使い手に大喜びをして、父母には多額の礼金を支払い、神術を宿して生まれた赤子を引き取った筈。

ただここは、パンタレイアス島。

宗教組織の力は弱く、その代わりに頼りにされるのは、何百年とこの島を差配し続けたアイレナだ。

彼女は既に島の代表の座を後継に譲ってはいたが、それでも島の住人からの信頼は未だにとても厚い。

困り切った父母が相談相手として選んだのは、人間が及びもつかない時間を生きて、知識を蓄えている女エルフ、アイレナであった。

まぁ、アイレナが知れば僕にも伝わる。

もう随分と昔になるけれど、マルテナという神術の使い手にして聖職者を友人に持ってたアイレナは、パドウィンに起きる現象が宿した神術である事にすぐに気付く。

故に最初は、父母に対して大陸の宗教組織を頼れば、神術の専門家達がパドウィンを育て、二人には多額の礼金が支払われる事を伝えたそうだ。

だが父母は、二人にとって最初の子であるパドウィンとは離れ難く、どうにかして手元で育てられないかと、アイレナに縋ったらしい。

アイレナも親から子を引き離したくはなかったのだろう。

少し考えた後に、パドウィンの両親にある提案をしたらしい。

神術の専門家ではないけれど、パドウィンがどこに瞬間移動をしても助けられそうな、ベビーシッターを雇う心算はないかと、そんな風に。

そのベビーシッターの協力があれば、少なくともある程度の年齢に育つまでは、二人はパドウィンと一緒に暮らせる筈だと、そう言って。

ここまでくれば話のオチも見えたと思うが、アイレナに推薦されたそのベビーシッターが僕だ。

確かに僕なら、パドウィンがどこに瞬間移動してもそれを察して、落下する彼を風の精霊に頼んで支えて貰って軟着陸させられるというか、落ちそうになったら支えてねって頼んでおける。

仮に好奇心から火の中に飛び込んだとしても、火の精霊に頼んで助けられるだろう。

ついでに言うなら子供好きで、子育ての経験もあるから、……宗教施設に引き渡す気がないのなら、僕がベビーシッターとしてパドウィンの両親を助けるのが一番確実な方法だった。

普通のエルフなら、それを知っても尚、ハイエルフである僕に人間の子供の世話をさせるなんて……、となるところだが、アイレナはその辺りは気にしないから。

いや、以前は気にしてたのかもしれないけれど、今の彼女は僕の事を理解してくれていて、事情を聞けば寧ろ望んで関わりに行くと知っている。

パドウィンの両親に僕をベビーシッターとして薦めたのだ。

二人は、とても悩んだらしい。

尤もそれは、別に僕に不安があるとかじゃなくて、自分達の手に負えない子供を他人を頼って育てるというのは、色んな意味で覚悟が必要だからだろう。

この世界では、少なくとも僕が知る範囲では子育てに他人を頼る事は普通だけれど、流石に瞬間移動の神術を宿した子供というのは一般人の感覚では測れない存在だ。

何があるのかわからず、何がこの子にとって幸せなのかも判断できず、ただパドウィンの両親は腕の中の子を手放したくないとの思いだけがあった。

結論は既に出ている。

手放したくないというのが答えだろう。

けれども歩む道は決まっていても、それが険しいとなれば、踏み出す事に悩みも迷いもあって当然だった。

アイレナも、そこには口を挟まない。

もちろん最終的には、僕にベビーシッターを頼みつつ、自分達で育てるという結論を、というよりは覚悟を決めたのだけれど、悩み迷った時間も、パドウィンの両親にとっては必要で、決して無駄なものではなかったのだろう。

二人で一緒に悩んで迷って、それでも覚悟を決めたからこそ、何が起きてもパドウィンの両親は、揺らがずに我が子を愛する事ができるのだから。

まぁそんな経緯でベビーシッターとして雇われる事になった僕だけれど、別に四六時中パドウィンに張り付いていたって訳じゃない。

今回、僕はあくまで雇われて子供の世話をするだけで、ウィンやソレイユのように我が子として育てる訳じゃなかった。

子育ての主役はあくまで、パドウィンの父母だ。

それに港での荷運びは稼ぎが良いが、流石にベビーシッターをずっと付けておける程の稼ぎじゃないから。

我が子がどこかに行ってしまわないか心配で眠れぬ母親の代わりに、昼間に三時間くらいパドウィンの面倒を見て、母親にはその間に睡眠をとって貰うようにしてる。

正直に言えば、僕もアイレナも蓄えは多くあるから、別にベビーシッターで細々と稼ぐ必要はないのだけれど、多少であっても金を取らねば、互いに距離感を間違えてしまう。

僕はパドウィンとも、その父母とも、あくまで他人だ。

同じ島に暮らす仲間ではあるから、困った時は助け合いだけれども、一方的にずっと対価なしに助けるような真似はしない。

また僅かであっても報酬がなければ、子供の世話をするという仕事にも責任感が生じないだろう。

尤も僕が普通のエルフなら、そんな事情は全部投げ捨てて、パドウィンに張り付いている必要があった。

いやむしろ、一人では面倒が見切れないから、複数人が交代でパドウィンの瞬間移動に備えなければならなかった筈。

ただ僕の場合は、先に述べた通り、予め精霊に対応を頼んでおく事ができたから、一日のうちの数時間、パドウィンと接するだけで彼の身の安全は守れる。

言ってしまえば、パドウィンと接してる数時間は、僕がこの子を大切にしてると精霊にアピールする時間のようなものだ。

でも様々な事情を取っ払って、僕がパドウィンをどう思ってるかと言えば、そりゃあ当然とても可愛い。

僕は子供が好きだし、実際にパドウィンは可愛らしい赤子だった。

瞬間移動の神術なんて代物を宿す子供が、将来はどんな道を選ぶのかだって、興味深く思ってる。

しかしそんな余裕も、パドウィンが二歳になる頃には綺麗に吹き飛ぶ。

その頃になると、パドウィンの目にも遠くが見えるようになり、自分の世界を急速に広げ始めた。

二歳の頃合いは、普通の子供でも少し目を離せばどこに行ってしまうかわからない。

だがパドウィンの場合は、目を離さなくとも彼が何かに興味を惹かれれば、そこに飛んで行ってしまうから。

子供が鳥を捕まえようと、広場でヨタヨタ走って追い掛けて、飛んで逃げられたなんて光景は、この世界でもありがちだ。

それがパドウィンの場合は、空飛ぶ鳥を捕まえようとして、空に瞬間移動をし、その後は空から一気に落下するなんて事が起きる。

もちろん風の精霊が守って軟着陸させてくれるから、墜落死はないのだけれど、母親の肝は冷えるだろう。

そして問題は、そんな広い行動範囲を持つパドウィンが、上空ではなく興味の惹かれるままにあちこちに瞬間移動を繰り返してしまった場合だった。

複数回の瞬間移動をされてしまうと、見失ったパドウィンを見付け出す事は母親にはもう不可能で、精霊からの報せを受けた僕が回収に赴く事になる。

そうなると流石に一日三時間だけ、なんて言ってられなくて、僕がパドウィンの近くで過ごす時間は、次第に増えて行く。

パドウィンはどうしても、普通の人間である彼の父母には手に負えない子供だった。

しかしそれでも、両親のパドウィンへの愛情は変わらず強固で、だからこそ僕が思うに、彼は幸せな子供だったのだろう。

エルフのキャラバンが献金と引き換えに聞き出した話では、宗教組織が先天的に神術を備えた子を引き取った場合、多くは視界を塞いで育てるそうだ。

先天的な神術の使い手は、ジュヤルやパドウィンがそうであったように、視界に頼って能力を使う事が殆どらしい。

例えばパドウィンの瞬間移動が、本当はイメージをした場所に移動を行うものだったとしても、幼少期に明確な場所のイメージなんて行える筈がなく、見えた場所のイメージで瞬間移動を使用する。

するとそれを繰り返すうちに、無意識に自分の力は見える場所に瞬間移動を行うものだと、能力を幅を狭めて定義するのだ。

つまり視界さえ塞いでやれば、多くの神術の使い手は普通の子供と変わらず、また能力の訓練や教義を学ぶ時にのみ視界を解放してやれば、子供はそれを求めて能力の開発や教義の学習に熱心になる。

それが多くの宗教組織での先天的に神術を備えた子供の扱い方らしい。

あぁ、僕はこのやり方を、悪だと非難する心算はなかった。

普通の人間には、パドウィンのような子供を他に育てる術はないだろう。

他の子供と同じように育てようとしても、行方不明になって終わりである。

いや、瞬間移動の場合は行方不明になるだけだが、殺傷能力の高い神術を宿す場合は、大惨事に繋がりかねないから。

だから子供の視界を塞いで育てるというやり方は、他に方法のない苦肉の策で、それを非難するのは傲慢に他ならない。

ただその上で、両親からの愛を注がれ、自由に生きられているパドウィンは、幸福なのだろうと僕は思う。

そうして、僕は今日も気儘（きまま）に脱走した後、自分が逸（はぐ）れたと気付いて泣いていたパドウィンを回収して、彼の母親に届けに行く。

パドウィンの幸福が少しでも長く続く事を、僕は祈るばかりである。

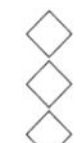

「えいざぁぁぁぁぁぁぁ、だずげでぇぇぇぇぇぇ」

うっかり高い木の上に瞬間移動してしまい、下りれなくなった四歳のパドウィンがびぃびぃと泣き声を上げて助けを求めてた。

いやはや、実にお馬鹿で可愛らしい。

僕はその姿にケラケラ笑いながらも、彼を助ける為に木を登る。

瞬間移動が使えるのだから、地上に移動すればいいだろうに、どうやらそれも怖いらしい。

恐らくは、地に重なるように瞬間移動してしまう事を防ぐ為の、本能的な恐怖だろう。

ちなみにパドウィンは、高いところが苦手だった。

以前はそうでもなかったのだけれど、上空に転移しては風の精霊に助けられるという遊びを覚えてしまい、それを繰り返すようになった為、怪我をしない高さで頭部以外の保護を切って地面にぶつからせたら、それからは高所が怖くなったのだ。

もちろん僕も意地悪でそんな真似をした訳じゃない。

単に本来、高いところは危ないのだという事を忘れてしまえば、いずれ痛いじゃ済まない事故を起こす可能性がある。

　転べば痛い、落ちれば痛い。

　子供はそれを経験して危ないを学ぶ。

　何からも守られていては、それを学ぶ機会を得られないままに育ってしまうから。

　ただそう考えると、地上への瞬間移動、物体に重なる可能性がある瞬間移動を拒むパドウィンの能力に由来する恐怖は、理屈は理解できるが出所がわからず、少し興味深かった。

　まぁ、高い場所は苦手な癖に、時々こうして木の上等に瞬間移動してしまう愚かさが、特殊な力を持ってはいても実に子供って感じで好ましい。

　手が届く範囲まで登ると、木にしがみ付いてるパドウィンの襟首を掴んで引っぺがし、抱きかかえた。

　木の上は、建物を避けて視線が通るから、眺めが良くて海がよく見える。

「ほら、もう大丈夫。……で、今回はなんで木の上に？」

　抱きかかえたパドウィンの背を軽く叩いて宥め、彼が泣き止んだ事を確認してから、僕は問う。

　するとパドウィンは、涙と鼻水でべとべとの顔に不思議そうな表情を浮かべ、首を傾(かし)げた。

　何があったかは、泣いてる間に忘れたらしい。

　僕は手拭いを取り出してべとべとになったパドウィンの顔を拭く。

　四歳になったパドウィンは、喋(しゃべ)れる言葉も大きく増えたし、活動範囲も更に広くなった。

　理由のある行動を取る場合もあれば、衝動的に動く事もある。

何をしでかすかわからない怖さと面白さがあるのが、このくらいの年頃の子供だ。

もちろんパドウィンは瞬間移動を持って生まれたから、彼の両親は怖さや不安といった感情の方が勝るのかもしれない。

しかし僕から見て、パドウィンの両親が本当に凄いと思うところは、常に心配はしつつも、彼が宿して生まれた瞬間移動という力に関して、否定的な言葉を口にしない事だった。

僕はハイエルフだから、パドウィンの瞬間移動にもある程度の対応ができる。

空に飛ぼうが落下死はさせないし、海に飛び出そうが落とさない。

だからこそパドウィンの相手ができているのだけれど、彼の両親は普通の人間だ。

パドウィンの父母にとって、彼はいつどこに消えてしまってもおかしくない子だった。

『お母さんを置いて行かないでね』

パドウィンの母親が、そう言ってるのは聞いた事があるけれど、それは本当に切なる願いだろう。

但しそれでも、瞬間移動に関して否定的な言葉は口にしない。

父親に関しても同じで、彼らは辛抱強く我が子を愛してる。

それは本当に、凄い事だと僕は思うのだ。

パドウィンは、瞬間移動という翼を持って生まれて来た子供だった。

両親は彼のように翼を持たない人間なのに、パドウィンを籠に入れて育てようとはしていない。

それどころか我が子が自由に空を飛んで生きられるように、その才を含めて愛してる。

もう少しばかり成長すれば、パドウィンも自分の特異な能力を自覚して、両親の心配も理解して、己を制御できるようになるだろう。

だが彼の未来は、決して平坦な物にはなり得ない。

今は両親の庇護の下、パドウィンは守られている。

まぁ、僕の力に依るところも多いけれど、一応は僕を雇っているのは彼の両親なので、それも含めて庇護の下だ。

けれどもパドウィンが成長した後、その力を欲する者は少なくない。

実際、今でも彼の両親には、パドウィンを引き取りたいとの話は幾つも届いてるという。

このパンタレイアス島でも、好き勝手に瞬間移動を行う彼の存在は有名で、そうなれば船乗りを通して大陸の宗教組織にも話は伝わる。

神術の中でも、瞬間移動は特に有用な能力の一つだ。

それを先天的に発現してるというのだから、あぁ、そりゃあ欲しがられるのは当たり前だった。

パンタレイアス島はエルフのキャラバンが強く根を張ってる場所だから、今はそう簡単に強硬手段には出ないだろうけれど……。

それはこの島で暮らし続けるならの話だ。

瞬間移動という翼を持って生まれて来たパドウィンには、やがてこの島は狭くなる。

やがては、パンタレイアス島を出る日がやって来るだろう。

しかし大陸は、この島程に平穏な場所じゃない。

東中央部ではヴィレストリカ共和国すら滅びたし、西部ではサバル帝国が三つに分裂して争いを始めた。

パドウィンが島を出る時、どんな生き方を選んで、どこに赴くのかはわからないけれど、いずれにしても自分の身は自分で守る必要があった。

今は木の上が怖くて、びぃびぃと泣いてたパドウィンがである。

本当に、世の中は儘ならない。

「兄ちゃん、兄ちゃん、エイサー兄ちゃん」

海に向かって釣り糸を垂らした僕に懸命に話し掛けて来るのは、七歳になったパドウィンだ。

二年前、妹が生まれた時くらいから、彼は僕の事を兄ちゃんと呼び出した。

どうやらパドウィンの母親が生まれた妹を見せながら、

『パドもこれからはお兄ちゃんだから、エイサーさんみたいに妹を守ってあげるのよ』

なんて風に言ったらしい。

それをどんな風に解釈したのか、パドウィンは僕の事を兄ちゃんと呼び始めるようになったのだ。

まぁ、ちゃんと妹の面倒も熱心に見ているし、島の学び舎にも頑張って通ってる。

何よりも気の赴くままに瞬間移動を行う事も減ったので、呼び方くらいは好きにしてくれても良いのだけれど。

ただ何というか、僕は彼の両親よりも遥かに年上だから、何となく申し訳ないなぁって気分にはなった。

「んんっ……、ちょっと待って」

ピクリと動いた竿先に、僕は手を動かして合わせながら、掛かった魚と格闘を始める。

意外と大きな手応えに、無理に引き上げる事はせず、魚の動きに合わせて竿を動かし、時に引っ張り、相手の疲労を待つ。

しかし流石に、魚の動きに気を払いながらでは、パドウィンの相手は難しい。

尤もそこは彼も空気を読んで、僕が魚を釣り上げるのを期待の眼差しで待っているけれども。

やがて疲労からか動きを鈍らせた魚を、僕は一気に引き上げた。

釣れた魚は手応え通りの、抱えて持つような大物だ。

種類は、……詳しい名前は知らないが、食える事は知っている。

僕はそれを木のバケツに突っ込んでから、

「ごめんごめん、なんだっけ?」

パドウィンに問う。

すると彼は首を横に振って、

「うぅん、オレも釣りしたい。マノンに、魚食わせてやるんだ」

なんて言葉を口にする。

マノンというのはパドウィンの妹の事だから、本当にすっかりお兄ちゃんだ。

でもどうしようか。

今は釣り竿が、この一本しかなかった。

パドウィンに貸してやるのもいいんだけれど、彼の体格にこの釣り竿は、些か大き過ぎるだろう。

それに釣れなかったら不貞腐(ふてくさ)れるだろうし、宥める為にくれてやる魚を、もう少しばかり釣っておきたい。

「……そうだねぇ、じゃあ明日は林に行って、君の竿を作ろうか。糸と針も要るしね。今日のところは、この魚をあげるから持って帰りなよ」

それに何より、今日はパドウィンを早めに家に帰した方が良さそうだ。

魚の入ったバケツは重く、子供には運ぶ事も一苦労ではあろうけれど、瞬間移動を行える彼にはあまり関係なかった。

嬉しそうに、でもちょっとだけ申し訳なさそうに、表情をコロコロ変えて礼を言っていたパドウィンは魚の入ったバケツを抱え上げ、フッとその姿が消える。

僕は瞬間移動も見慣れてるから、便利だなぁとこそ思えど、今更驚く事はない。

けれども遠目に、こそこそとこちらを覗いていた連中は違う様子で、動揺した気配が伝わってきた。

話には聞いていても、実際に目の前で消えられたら、そりゃあ驚きもするだろう。

何しろ彼らの狙いは、今しがた消えてしまったパドウィンなのだから。

近頃、時々こうした連中が出るようになった。

元々船乗りは、清廉潔白とは程遠い存在だ。

危険を伴う仕事だから荒くれ者も多いし、借金を背負って海に出ざるを得なかった者もいるのだ。

そんな彼らが多額の報酬を約束されれば、島の子供を一人攫ってこっそりと船に積むくらいの真似は、そりゃあ平気でするだろう。

もちろん僕は、船乗りの存在を悪だと言う心算はない。

そもそもパンタレイアス島の発展は、船乗り在ってのものである。

船乗りが運ぶ荷の取引で港は賑わい、船乗りが落とす金で港町は潤っていた。

尤もだからといって、素直に島の子供を差し出すかといえば、当たり前だが答えは否だ。

彼らが利を齎すならば歓迎するが、害を齎そうとするならば、相応の対応が待っている。

僕が呟くように精霊に頼めば、驚きの声は悲鳴に変わった。

まともに相手をする必要はない。

暫くの間は首まで土に埋めておいて、後で島を守る衛兵、もといエルフのキャラバンの私兵に引き渡せばいいだろう。

今回の人攫いは、誰に依頼されたのかを、素直に吐いてくれればいいのだけれど。

誰がパドウィンを狙っているのかは、おおよその察しは付いている。

けれども未遂の段階では、報復を行うには証拠が足りない。

だが証拠の為にパドウィンを危険に晒すのは本末転倒だ。

彼の両親の望みは、穏やかにパドウィンを育てる事だから。

流石にもう、ベビーシッターや子守として雇われてる訳じゃないけれど、島に暮らす隣人として、彼らの平穏は守ってやりたいと思ってた。

パドウィンの待遇は、今回限りの特別なものになるだろう。

次にこの島に先天的に神術を宿す子供が生まれたとしても、宗教組織に引き渡すか、視界を塞いで育てる方法が取られる筈だ。

今回のように僕が関わるのでもない限り、先天的に神術を宿す子供を安全に育てる事は難しい。

また島の子供達の選択肢を増やす為にも、学び舎で神術の素質を発見する為のテストや、能力開発が行われるようにもなる予定で、その準備は進んでる。

宗教組織の本部に引き取られ、そこで英才教育を受ける道は、一般的に考えればとても恵まれているから。

エルフのキャラバンの中には、宗教組織との連携を強化する為にも、パドウィンを引き渡すべきだとの考えもあった。

何しろパドウィンとその家族の生活を守ったところで、エルフのキャラバンに見返りは何もない。

同胞たるエルフを救う為ならともかく、ただ拠点とする場所の一つで生まれただけの人間の子供を、そうまでして庇わなければならない理由が、エルフのキャラバンにあるのか。

島外の幹部からは、そんな言葉が出たという。

その声が大きくならないのは、僕の不興を買う事を恐れるからだ。

ああ、実際に、目の前でその発言が出たならば、僕は大いに怒るだろう。

でも人伝に、具体的にはアイレナから、そう言った意見が出てると聞けば、その言葉に情はないが一定の正しさはあると、認めざるを得ない。

パドウィンの扱いは特別で、単なる贔屓だ。

そして贔屓の理由は、アイレナと僕がパドウィンの一家に関わったから。

そう言われれば、否定のしようがなかった。

しかし僕が誰かを贔屓するのなんて、今更の話だ。

僕はこれまでにも、ルードリア王国に住むカエハ達を贔屓してフォードル帝国の侵攻を止めたり、義理の子であるウィンを贔屓して西部の戦いに加担したりと、散々に贔屓で動いてる。

エルフ達はハイエルフを公明正大で偉大な存在のように扱いがちだが、そんな事は欠片もない。

そもそも僕がこれまでに出会ってきた古の種族も、大抵は個人の感情で贔屓をしてた。

例えば不死なる鳥のヒイロなんて、自分を孵化させた僕に対しては、他のハイエルフと比べてもあからさまに特別扱いだ。

雲の上に住まう巨人は、滅ぼすと決めた筈の魔族の子孫を秘かに扶桑の国に逃がしてたりと、割と私情で動いてる。

真なる竜はその役割上、あまり他人に情を移さないように振る舞うけれど、南の大陸が燃えて、北の大陸も燃やされそうになった時、黄金竜がわざわざ味方をしに来てくれたのは、間違いなく以前に交わした会話があったからだろう。

そして精霊ですらも、縁を結んだ相手をより大切にするのだともわかってた。

昔、エルフがドワーフを嫌っていた理由として、全(まった)き自然からドワーフが火の欠片を盗んだから……、なんて逸話があったけれども、アレの意味は、エルフとドワーフが揉めた時に、火の精霊がドワーフの味方をしたって事なんじゃないかと思ってる。

森の中での火の扱いを厭(いと)うエルフと、火に親しんで生きるドワーフ。

仮にエルフが火の精霊にドワーフへの攻撃を頼んでも、断られる可能性は皆無じゃないのだろう。

まぁこれは完全に、僕の勝手な想像だ。

僕もこの世界の全てを知る訳じゃないし、ドワーフの王のみが扱える秘宝、地の熱を汲み上げて扱う炉なんて、理解の範疇を超えた代物も存在している。

いずれにしても、私情、贔屓を、僕は悪いだなんて思っちゃいない。

もちろん外聞は良くないから、胸を張って言う事でもないけれど。

少なくともパドウィンが一人前に成長して島を出るまでは、贔屓をして守り続けようと、そう思う。

◇◇◇

この世界には超常的な力を発揮する術、前世の知識的に言えば魔法の類が幾つかあった。

例えば僕が精霊の力を借りる精霊術も、その一つに含まれる。

力を借りてるだけなのに何が術なのかって話はあるんだけれど、精霊の力を強く引き出すにはイメージや感覚の共有といった、言葉では説明し辛いコツのようなものも必要だから、術というのも間違いではないのだろう。

他には魔術、仙術、神術とあるけれど、……まぁ、魔術が一番わかり易くてそれらしいか。

魔術は、魔力という力に術式を作用させ、望む現象を引き起こす術だ。

魔力は自然に存在する力の一つでしかないけれど、その中でも特に反応、変化を起こし易く、神々が新しい人を生み出す際にも積極的に利用したらしい。

まぁ今の魔術は神々が新しい人を生み出したそれには遠く及ばないけれど、魔力に術式という刺激を与えればどんな変化、現象を引き起こすのかって記録を蓄積した、知識の結晶のような物だった。

術というイメージに一番近いのは、これだろうと僕は思う。

仙術は巨人が自らの力の使い方を簡略化、体系化し、人に伝えた物である。

これを扱うには稀なる素質が必要で、更にそれを扱えるようになるとそれまでの種族の枠を外れ、仙人という存在になっていく。

単に術と呼ぶには、あまりに異質な代物だろう。

最後に神術は、厳しい修行によって鍛えた精神力や強く信じる心が引き起こす奇跡、という事になっているが、実際には超能力だ。

もちろん精神力や信じる心も超能力への影響は皆無じゃないだろうから、全くの嘘という訳ではない。

ただ神術の才能を秘めた子供を探すテストを行っていたりする辺り、宗教組織も『厳しい修行によって鍛えた精神力や強く信じる心が引き起こす奇跡』という文言が単なるお題目である事は承知の上なのだろう。

ちなみに僕の知る限り、というか巨人が記録を残す限り、この神術、超能力に関しては、神々が生み出した新しい人に特有の能力である。

数を増やさぬ巨人、不死なる鳥、真なる竜は当然として、精霊やハイエルフにこの力の使い手が現れた事はない。

もちろん絶対数が少ないハイエルフに、その才能の持ち主が生まれてないだけなのかもしれないけれど、今のところは、新しい人に特有の力である可能性が高かった。

何故なら、巨人も、不死なる鳥も、真なる竜も、精霊はもちろん、精霊の力を借りればハイエルフにだって、幾つかの神術とは似たような行為が可能なのだ。

既にできる事を、別の手段で行えるようになる必要があるかといえば、首を傾げるところだろう。

さてそんな神術だが、その効果は様々だ。

例えば僕が知る神術の使い手は、マルテナ、ジュヤル、それからパドウィン。

マルテナはヒーリングと念動力。

ジュヤルは発火能力。

パドウィンは瞬間移動。

マルテナのように複数の神術を宿す者もいるけれど、これはかなり特別な存在になるのだろう。

改めて振り返ると、何でマルテナが冒険者なんてやってたのかは、本当に謎が多い。

色んな効果のある神術だが、全てが公平に扱われる訳ではなく、ヒーリングこそが最上の能力とされているそうだ。

まぁ神術を管理しているのが宗教組織だから、ヒーリングを特別に扱うのも頷ける。

そしてここからが問題なのだが、瞬間移動はヒーリングに次ぐ能力だと位置付けられていた。

実際のところ、人の身体を癒す事に関しては魔術でも代用が可能な為、替えが利かない能力という訳ではない。

先程も述べたが、神術を管理しているのが宗教組織だからこそ、癒しの力であるヒーリングを優遇して特別扱いしているのだ。

故にそういった優遇なしに次点に位置する瞬間移動は、本当に希少で求められる能力であるのだろう。

パドウィンはもう十二歳になったけれど、彼を手に入れようとする宗教組織の画策は、止む事なく続いてる。

余談だが、念動力や発火能力といった殺傷能力に長けた神術は、ヒーリングや瞬間移動に比べると扱いは悪い。

以前に戦った教会の暗殺者は念動力の使い手だったが、仮に彼がマルテナのようにヒーリングを扱えたなら、決してそんな役割を与えられてはいなかっただろう。

だがそんな殺傷能力に長けた神術よりも更に扱いが悪いというか、存在を秘されているのが感応能力、人の心を読んだり想いを伝える、テレパシーだった。

僕の予想では、神術が超能力であるのなら、テレパシーの使い手もきっと存在してはいる筈なのだ。

或いは未来視や過去視の使い手も。

しかしどの宗教組織もそんな神術の使い手がいる事を、明らかにはしていない。

尤も、そもそも神術に関しては秘匿されてる情報がとても多いのだろうけれども。

パドウィンはもうすぐ島の学び舎を卒業する。

その後は、エルフのキャラバンが雇ってる私兵達の訓練所に通い、戦いに関する技術を身に付けるそうだ。

恐らく彼も、自分の能力が他人から狙われる代物である事は、もうわかっているのだろう。

最初は僕に剣を教えて欲しいと言いに来たが、その願いは断った。

パンタレイアス島にはヨソギ一刀流の道場があるのだし、学びたければそちらに通うべきである。

少なくともこの島では、僕は他人にヨソギの技を教えて、道場の食い扶持を奪う真似はしない。

……まぁ、ソレイユには教えたけれど、あの子は完全に家族だったからだ。

祖父としてでも父としてでもいいけれど、孫や子に自分の技術を伝えるのは、そりゃあ当然の事だから。

その代わりと言ったらなんなのだけれど、パドウィンには十五歳になったら好きな武器を打ってやるとの約束はしてる。

彼はヨソギ一刀流の道場に通うかも悩んだらしいが、結局は私兵達の訓練所を選ぶ。

私兵達の訓練所で熱心に学べば、十五歳になった後にはエルフのキャラバンに雇ってもらえると考えたのだ。

どうやらパドウィンは、少なくとも妹のマノンが十五歳になるまでは島を守る私兵をやりたいのだろう。

たっぷりと愛情を注がれて育ったからか、パドウィンも家族への愛情がとても強い。

ただやはり見知らぬ場所への興味も尽きないらしく、キャラバンの連絡員のような仕事を任せて貰えないかと考えているのだとか。

まぁパドウィンの人生なのだから、彼の好きに生きればいいと思う。

そして好きに生きさせてやりたいと、関わりを持った僕は思ってる。

パドウィンがエルフのキャラバンでの仕事を希望してるなら、彼を守る事に関しても反対意見は減るだろうし。

そろそろ、執拗に狙って来る連中くらいは、なんとかしてやりたいなぁと、僕は大きく息を吐く。

それから更に二年が経ってパドウィンは十四歳に、僕が六百二十歳になった年。

「エイサー様、ラドレニアのカウゼル法王から返事が届きました。委細承知した。これより教会は件の神術を宿せし者に対しての一切の手出しはせず、エルフのキャラバンが所有する地の民に対する能力開発にも協力するとの事です」

待っていた決着が、ようやくついた。

それも、およそ望みうる最良の形で。

少しはごねられるかとも思ったけれど、上手くいったなら何よりだ。

パドウィンを執拗に狙っていたのは東中央部で、或いは今や北の大陸でも最大の宗教組織となった、豊穣神を崇める教会だった。

とはいえ、教会の全てがパドウィンを狙っていたという訳ではない。

以前にも、といっても随分と昔の話になるけれど、僕に彫刻を教えてくれたマイオス先生が、大理石の輸出を巡って脅かされた騒動の原因が、教会内の派閥争いにあったように、豊穣神を崇める教会といっても一枚岩ではないのだ。

特に今ではライバルのクォーラム教が消えた事で、西中央部も教会が手中に収めているから、当然ながら内部の派閥はあの頃よりも増えている。

今回、パドウィンを狙っていたのはシンセック大司教という、西中央部を統括する三人の内の一人を担いだ派閥だった。

正直、僕は教会内の派閥に関してはあまり興味がないので細かい事はさておくが、まぁそれなりの大物だろう。

シンセック大司教がパドウィンをどんな風に扱う心算で欲したのかはわからない。

単に強力な神術の使い手を教会の外に置いておきたくなかったのか、自身の出世の為に利用したかったのか。

しかしいずれにしても、この数年間で証拠を残さぬようにはしつつも、幾度となく後ろ暗い手を講じてきた事から、僕はシンセック大司教の排除を決める。

けれども今回は、以前のような、ビスチェーア大司教の権威を失墜させた時のような手は使わない。

教会内の事は、教会内でケリを付けて貰う。

その為に狙いを付けたのが、教会で最も大きな権力を握る人物、カウゼル法王だ。

もちろんカウゼル法王とて、パドウィンに手を出さないで欲しいと言われたところで、はいそうですかと頷いてくれる筈はない。

そもそも神術の使い手を教会内で管理したいのは、カウゼル法王だって同じであろう。

故にカウゼル法王にこちらの望みを聞いて貰う為には、彼が大いに喜ぶであろう贈り物が必要だった。

贈り物は二つ。

一つはエルフのキャラバンからで、もう一つは僕からだ。

エルフのキャラバンからの贈り物は、カウゼル法王が率いる派閥への協力。

教会で最大の権力者であるカウゼル法王にも、敵はいる。

その敵を排除、または牽制し、自分の権力を保つ為には、巨大な商会であるエルフのキャラバンの協力は、喉から手が出る程に欲しいだろう。

そして僕からの贈り物は、カウゼル法王が身に着けられる宝冠だった。

ちなみにその宝冠の製作者は、全てのドワーフが認める、ドワーフの王に並ぶ名工という事になっている。

少しばかり大仰な肩書きだけれど、……東中央部のドワーフの国では一応そういう扱いだし、半分くらいは嘘じゃない。

時間と労力を惜しみなく注いだ品だから、実際にドワーフが見ても認めてくれるだろうとは思う。

また、宝冠の地金の中には、擦って小さくなった黄金竜の鱗（うろこ）の欠片を埋めてある。

その為か、この宝冠は不思議と人の目を集める、強い威厳を纏う品となった。

長らく東中央部は争いが絶えず、それを仲裁できない教会は、権威の低下を囁（ささや）かれている状態だ。

たとえ西中央部を手中に収めようと、地盤である東中央部が揺らぐようでは、西中央部の教会組織が現地で分派、独立を試みかねない。

しかしこの宝冠は、法王が身に着けて活用できれば、低下した権威を補えるだけのポテンシャルを秘めている。

仮にも法王となれた人物ならば、宝冠を一目見ればそれを理解しただろう。

正直、小さな欠片とはいえ黄金竜の鱗を使うかどうかは悩んだが、それでパドウィンの、若者の未来が買えるなら、決して高い対価ではないように思えたから。

それに、教会の権威が補われたなら、東中央部の状況も少しは穏やかになるかもしれないし。

まぁこの二つの贈り物で、カウゼル法王はエルフのキャラバンからの要求を全て飲むとの返事をくれた訳である。

一体、どちらの贈り物をよりお気に召したのかはわからないけれど、パドウィンが狙われる事はなくなり、エルフのキャラバンも神術の使い手を育成し、雇用できる可能性が出てきた。

尤も神術の使い手の育成や雇用に関しては、仮に教会に拒まれても、西部の獣人を頼るって手段もあったのだけれども。


「あの、エイサー様、一つ聞いてよろしいですか？」

僕が結果に満足して、少し良いワインを開けようとしてると、ふとアイレナが問うてくる。

当然、僕がアイレナからの問い掛けを拒む筈もない。

大体、何を聞いてくるかも想像はつくし。

「どうしてエイサー様は、以前のように、教会に対して力をお使いにならなかったのですか？」

頷いた僕に発せられたアイレナの問い掛け。

恐らく彼女も、僕がそうしなかった理由くらいは察しているとは思う。

だがそれでも問うてくるのは、酒の肴の会話のネタであり、答え合わせのようなものだ。

「まぁ、理由は二つだよ。一つは教会の権威がまた下がったら、争いが大きくなるかもしれないでしょ」

答えながら、僕はワインを二つのグラスに注ぐ。

グラスは西部から運ばれて来た品で、結構お高い代物だ。

僕も普段は雑に扱える木のジョッキで気楽に酒を飲む事を好む。

でも今日のワインは、このグラスで飲みたかった。

争いを止める側である教会の権威の低下は、争いが大きくなる事に繋がりかねない。

人間は争う生き物で、それはもう仕方のない話である。

けれども僕の行動が原因で争いが大きくなり、人が死んでしまうかもしれないのは、どうしたって気分が悪いだろう。

以前、僕が教会に対して力を振るった時は、東中央部の争いは終わってた。

けれども今は、そうじゃない。

これが僕が教会に対して力を振るわなかった理由の一つだ。

「それからもう一つは、……パドウィンの未来の為に、血を流したくなかったんだよ。或いは未来を力で奪いたくもなかったんだ」

グラスに口を付けてワインを飲み、僕が笑ってそう言えば、アイレナも笑みを浮かべてグラスを傾ける。

パドウィンの未来を勝ち取る為に、暴力は似合わない。

これが二つ目の理由であった。

それに万一、パドウィンが何かの切っ掛けで信仰心に目覚め、教会に属する事を決めたとしよう。

仮に僕が力を振るって教会に要求を突き付けていたら、当然ながらパドウィンの立場は悪くなる。

気の回し過ぎと言われればその通り。

パドウィンが教会に属する可能性なんて、小指の爪先程にあるかないかといったところだろう。

でもそんな小さな可能性であっても、僕はパドウィンから奪いたくなかったから。

だからあの宝冠を作ったのだ。

パドウィンの未来を買う為の仕事は、中々に楽しくてやりがいがあった。

もう一年もすれば、パドウィンは一人前の大人として扱われる。

僕が彼に何かをしてやれる事も……、あぁ、何か好きな武器を打ってやるって約束はあるか。

まぁそれくらいだろう。

随分と深く関わったが、それでもパドウィンは、単なる隣人、顔見知りの子供だ。

大人になれば、あれやこれやと世話を焼くような真似はしない。

僕はこの結末に満足で、今日飲むワインは美味かった。

生きる時間が長ければ、関わる人も多くなる。
多くの出会いと別れを繰り返す。

故郷の同胞達のように、深い森に籠って外との接触を断つ道を選ばぬ限り。

僕は多分、関わった人の数が、既にとても多い部類だろう。

もちろん世界一だなんて宣う心算は毛頭ない。

寿命で言うなら、仙人達の方が長く生きてるし、人との関わり方で言うなら、キャラバンに属してるエルフの方が、より深く人間の世界に食い込んで生きてる。

ただ、僕は僕で、関わった人の数が多いよって、それだけの話だ。

あぁ、でも、真なる竜や巨人、不死なる鳥とか沢山の精霊達との交友関係を考えると、数ではなく多種多様さでは、もしかすると世界一を名乗れるかもしれない。

まぁ、それはさておき、そんな関わった多くの人々の中でも、特に記憶に残る人達がいる。

それは僕との関わり方が濃かった、深い思い入れのある人だったり、とても癖が強い人だったり、僕に何かを教えてくれた人だったり。

ちなみにこの条件をすべて満たすのが、カエハである。

彼女とは関わり方がとても濃くて、凄く深く思い入れがあるし、癖の強さも断トツだった。

悪い意味では決してなく、僕はカエハ程に飛び抜けた人間を、未だに他に知らない。

それから、教えて貰った剣は今でも僕の一部だ。

だけど今回は、カエハの話をしようって訳じゃなかった。

彼女のように濃く、何度も関わった訳じゃなくて、ほんの数年だけ、石の彫り方を教えて貰ったマイオス・マルマロス伯爵こと、マイオス先生の話をしたい。

今にして思えば、彼も癖の強さは中々だ。

マイオス先生は、町を大胆に統治する為政者でありながら、実に繊細な感性を持った芸術家だった。

優しくもあり気難しくもあり、公人としての人との関わり方は上手かったのだろうけれど、私人としては下手だったように思う。

自分の息子との接し方にさえ、色々と悩んでたみたいだし。

立場や趣味嗜好等、相反する性質のものを色々と抱え、時にそれに苦しんでいた。

けれども、だからこそ彼は人に称賛される作品を多く生み出せる芸術家であり、僕の印象にも残る人物なのだろう。

関わった時間はほんの数年、確か三年にも満たなかった筈だけれど、マイオス先生との出会いは、確実に今の僕に影響を与えている。

そんなマイオス先生の家だったマルマロス伯爵家が没落し、彼が手放さずに屋敷で管理するようにと言い遺した作品が、オークションにかけられる事になったという話を僕が聞いたのは、六百三十二歳になった年の春。

「恐らくエイサー様なら気になさると思いましたので」

なんて風に、エルフのキャラバンからの伝手で入ったという情報を、アイレナが教えてくれたのだ。

決して嬉しいニュースではなかったけれど、僕がマイオス先生に彫刻を教わったのは、もう……、四百年くらいも前になる。

四百年といえば、人間なら軽く十世代以上は前だから、そういう事もあるだろうというか、むしろ良く残ってたなって感心する話だった。

そもそもマルマロス領があったシグレアという国自体が、今はもう存在していないのだから。

以前、小国家群の北半分がアザレイ、南半分が南アズェッタ王国として纏まった時に、シグレアとドルボガルデ、それからシグレアの北に位置した都市国家、バーダスとオロテナンを加えて、シェガルダという一つの国に纏まったのだ。

それは隣に誕生した大国に抗する為であり、また危険地帯である人喰いの大沼からやって来る魔物に対し、防波堤の役割を維持する為でもあったのだろう。

……といっても、これだって、もう三百年は前の話だが。

国が変われば貴族の扱いも徐々に変化していく。

僕は国の差配の話に関しては疎いから、あまり詳しく理解できてるとは言い難いが、どうやらシグレアの貴族の特権が、ドルボガルデの商人達には邪魔だったらしい。

また守備の範囲が狭かった頃は、シグレアの貴族達が個々に兵力を抱え、前線に赴き戦っていたが、バーダスとオロテナンが加わり前線の範囲が拡大すると、それまでのやり方では追い付かなくなった。

故に国が大きくなり、合理化が推し進められた結果、シグレアの貴族達はその役割と共に、爵位と領地を失っていったそうだ。

ただ、爵位や領地を失えど、蓄えた財産や、培った人脈を活かし、地元の名士として生き残った家も多い。

マルマロス伯爵家、もといマルマロス家も、地元の石工から他国の貴族、はてはラドレニアの教会本部にまで伝手がある家という事で、名士として生き残ったという。

だがそれだって、当然ながら永遠に続く訳じゃなかった。

財産は使えば減るし、培った人脈も世代の交代と共に薄れていく。

マイオス先生の子孫は、遺された言葉の通りにその作品を大切に管理していたが、遂に維持し切れなくなった屋敷を手放そうという話になり、そうすると保管していた作品の置き場にも困る。

祖先の遺した言葉に背くのは辛いが、流石に置き場に困るようでは、もうどうしようもないからと、オークションを開く事を決意したそうだ。

あぁ、それはとても、責められない。

むしろ家の話もそうだけれど、よくもここまでマイオス先生の言葉を守り通した物だと、そう思う。

「明日の船便は、一つ確保してありますよ」

アイレナはその話を聞いた僕の表情を見て、そう言った。

まだ僕は、何も言ってはいないのに。

でも、どうやら彼女は、今回は付いて来る心算がないらしい。

仕事が忙しいのか、それとも僕に一人で感傷に浸る時間をくれようとしてるのか。

僕がアイレナを邪魔に思う事はないけれど、それでも彼女がそうしようというなら、それには素直に従おう。

その翌日、僕は旅の支度を整えて、今はシェガルダの港であるネルダニアへと向かう船に乗り込んだ。

実はオークションに参加するだけなら、こんなに急いでパンタレイアス島を出る必要はなかった。

大きな、目玉となる品が出るオークションが開かれる場合、早めに広く告知して、遠方からの客人も参加できるように配慮がされるそうだ。

もちろんそんな品が頻繁にオークションに出てくる訳じゃないのだが、マイオス・マルマロスの作品は、特に後年の物となると、そうした扱いに相応しい評価がされてる。

まぁ、マイオス先生の作品だったら、当然だと思うけれども。

ではどうして、アイレナが急ぎの船を用意してくれたのか。

それは僕が、マイオス先生の作品が、オークションの会場であるネルダニアへと運ばれる前に、マルマロス家の屋敷にある間に、一目見ておきたかったから。

……なんで、何も言ってないのにアイレナがそこまで僕の望みを察してくれたのか、本当に不思議で仕方ない。

逆に僕は、そんな風に彼女の事を察せてるだろうか。

自信は、あまりない、かなぁ。

そりゃあ、表情を見れば、ある程度はわかるんだけれど、ここまで先回りしてアイレナの考えを読むのは、ちょっと難しいと思う。

或いは、もしかして、僕ってそんなにわかり易い？

いずれにしても、アイレナには敵わないって事だった。

ネルダニアからは、エルフのキャラバンが手配してくれた馬に乗って、マルマロス領……、はもうないんだけど、マルマロスの町に向かう。

街道は、以前にここを通った時よりも、随分と拡張されて広くなってる。

ドルボガルデとシグレアが一つの国になって長いから、道が整備されたらしい。

元々、大理石の重要な産地であったマルマロスの町には、しっかりとした街道が通ってた。

だがそれでも、ドルボガルデとシグレアは協力関係を結んではいたが、やはり他国ではあったので、国境もあったし、道はある程度制限されていたのだ。

道というのは、商業的にも重要だけれど、国防的にも重要だった。

例えば、国内の道が整備されていたら、兵を国境へと素早く派遣できるだろう。

しかし逆に、国が敵に攻められたなら、その道を通って素早く主要都市を攻められてしまう。

歩き易さの問題だけじゃなくて、道は兵糧等の物資の輸送にも使われるから。

故に関係が悪化した国との街道は、封鎖したり壊したりして、荷を運ぶ馬車が通れないようにする場合が多い。

マルマロス家が伯爵の貴族位を失い、領地を失い、没落した事に関しては、……そりゃあ僕も思うところは色々とある。

他にシグレアの貴族はどうでもいいし、そもそもよく知らないが、マルマロス領はよく統治されていたし、民も伯爵家を慕ってたから、あの場所がなくなってしまったのは、寂しかった。

だけどそれでも、この広くなった街道を見れば、国が一つになった恩恵を受けた人は多いのだと、納得するしかない。

長く生きる僕は、変化を時に寂しく思う。

でもそんな感傷とは全く関係なく、多くの人々は短い時を精一杯に生き、何かを変える事で前に進むのだ。

その有様が、僕には、やっぱり寂しくも、愛しい。


ネルダニアの港からマルマロスの町へは、道も良かったけれど借りた馬も良かったから、一週間と少しで辿り着いた。

よく言う事を聞くし、賢くて可愛いから、多分、名馬なんだと思う。

……多分っていうのは、ほら、僕の中での名馬の基準って、どうしてもずっと昔に背中に乗せてくれたサイアーになっちゃうから。

後、背中に乗せてくれると言えば、不死なる鳥のヒイロか。

いやでもそれは、ジャンル違いにも程がある。

まぁ、それはさておき、咄嗟の話だったのに、とてもいい馬を用意してくれたエルフのキャラバンには感謝するしかないし、その力には驚かされる。

マルマロスの町にも、エルフのキャラバンの支店はあるから、そこに馬を返せばいいそうだ。

それにしても、……もう何百年も切り出されてるのに、この辺りの大理石はよく尽きないなぁと、感心してしまう。

埋蔵量が多いのか、それとも価値が下がらないように計算し、少しずつ切り出されてるのか、それとも人力だからそもそも切り出せる量が少ないのか。

いずれにしてもマルマロスの大理石は、今も品質と評判を、あの頃と同じく維持してた。

ここまで運んでくれた馬を、名残を惜しみながらもエルフのキャラバンの支店に返し、僕はマルマロスの町を歩く。

あの頃とは、町もやっぱり変わってる。

町自体が、大きく広くなってるし、大きな建物も増えていた。

ただ、気になるところとしては、貧富の格差もまた、以前よりも大きくなってる事だろうか。

明らかに貧しい身なりの、荒んだ眼をした者が、チラホラ目に付く。

町が大きくなった分、死角も増えて、治安も悪化してそうだ。

全体が活気に満ちていた以前のマルマロスの町とは、まるで別の場所に来たみたいにも、感じてしまう。

ふと訪れた公園には、風雪に削られて元の姿の判別が難しくなってしまった石像がある。

この石像が何なのか、説明してくれる親切な老人も、いない。

だけどそこには、今も変わらず、地の精霊の姿が見えた。

僕はその事に、漸くここがマルマロスの町であると、いや、頭ではわかってたのだけれど、感情でも納得し、目的地であるマルマロス家の屋敷に足が向く。

……さて、一体何と言って、マイオス先生が遺した作品を見せて貰おうか?

弟子を名乗る事は、できなかった。

というより、僕は正式な弟子じゃないから、その言葉は嘘になる。

また芸術家として高名なマルマロス先生にエルフの、長命でまだ生きてる弟子が居るなんて話が広まったら、どう考えても色々と面倒臭い事になるだろう。

エルフのキャラバンから打診して貰えば、恐らく許可は得られる筈だ。

それくらいに、今の世界で、エルフのキャラバンの力と信用は大きい。

ただそれでも、今日直ぐにって訳には、いかないと思う。

後、エルフのキャラバンがオークションに参加するのかと、期待させても悪いし。

僕は今回、自分のお金しか持って来てはいなかった。

まぁ、何百年と鍛冶をして、溜め込んだお金が随分とあるから、その気になったら、幾らマイオス先生の作品でも、一つや二つくらいなら買えるだろう。

アイレナがお金持ち過ぎるから、彼女に頼って生活してる風に思われがちなだけで、僕だって一応は、それなりに収入があるのだ。

しかしそれでもエルフのキャラバンの財力と比べるべくは、当然ない。

うぅん、取り敢えず一度、当たって砕けるか。

マイオス先生の古い知人で、オークションへの参加を考えてると言えば、運が良ければ見せてくれるかもしれないし。

僕はエルフ……、本当はハイエルフだが、どちらにしても長命の生き物であるから、知人だとの言葉は信じて貰えると思う。

駄目なら駄目で、改めてエルフのキャラバンに頼ればいい。

自分が今から、久しぶりに行き当たりばったりの行動を取るのだと思えば、何故だか不思議と僕の足は軽くなった。

「あぁ、まさか、貴方は、……ふふ、そんな事ってあるのね。では、どうぞ。入って下さいな」

マルマロス家の屋敷を訪れた僕を迎えてくれたのは、一人の老婦人。

気品のある振る舞いから察すると、恐らく彼女がマイオス先生の子孫だ。

屋敷に人の気配は少なく、使用人の類はもう殆どが暇を出されたのだろうというのがわかる。

だからこそ、屋敷の持ち主側である老婦人が、僕を直接出迎えてくれたのだろうけれど、ここを手放す準備は、どうやら着々と進んでいるらしい。

ただ、初対面であるにも拘らず、こんなにも親し気に振る舞ってくれる理由が、ちょっとわからなかった。

まだ僕は名乗っただけで、ここを訪れた目的すら言ってないのに、まるで見知った友人が遊びに来たかのように、嬉し気に招き入れてくれたのだ。

エルフには親切にしておけって家訓でも遺したのだろうか。

そんな事を、考えてしまう。

周りを見回し、息を吐く。

僕がこの屋敷に入った事は、実はそんなにない。

マイオス先生に彫刻を教わりに通ってた時は、何時も併設された工房の方に行ってたから、屋敷にはあまり用がなかったのだ。

なのでどうにも、少し落ち着かなかった。

手放される事が決まってる屋敷は、いかにも寂し気だ。

「ごめんなさいね。息子達がいれば、もう少し賑やかになるのだけれど、今はネルダニアに行ってるのよ。会ったら、とても喜んだでしょうに。あの子達も運がないわね」

案内された応接室で、手ずから茶を入れてくれた老婦人、カーニャ・マルマロスと名乗った彼女は笑って、そんな言葉を口にする。

なんでもこの屋敷を手放した後は、ネルダニアに移り住む事が決まっているらしい。

故にカーニャの息子とその一家は、向こうでその準備と、オークションの手配をしてるんだとか。

つまりマルマロス家は、地元の名士という立場も失う、……或いはその立場に縛られず脱却するって事だった。

だから僕がマイオス先生の子孫だとはっきり認識できる人に会うのは、カーニャと、オークションに参加するならその息子が、きっと最後になるのだろう。

いいや、そもそも、あれから四百年も経ってるのに、マイオス先生の子孫にこうして歓待されてる事が、既にちょっとした奇跡のようなものなのかもしれない。

「エイサーさんは、マイオス・マルマロスの遺した作品を見にいらっしゃった……、という事でよろしいのですよね？」

カーニャが、彼女の入れてくれたお茶で喉を潤した僕に、そう問う。

お茶はとても美味しかった。

僕は茶葉には詳しくないが、決して安物でなかったのであろう事くらいは、何となくわかる。

この屋敷に来てから、カーニャに受けた歓待は実に心の籠ったものだ。

彼女が本当に僕を歓迎してくれている事は、十分に伝わってきた。

ではその理由は何なのだろう。

カーニャと僕を繋ぐ縁は、彼女にとっては祖先であるマイオス先生のみ。

だったらマイオス先生が、子孫に言い残したのだろうか。

何時かエイサーという名前のエルフが、ここを訪ねて来るって。

……いや、マイオス先生が言い残した言葉というのは、既に一つ聞いていた。

今回のオークションに掛けられる事になった作品を手放すなって言葉がそれだ。

あのマイオス先生が、二つも三つも、細々と言葉を遺すような人だとは思わない。

なら、その作品を手放すなって言葉に、僕が関係してるのか。

だけどそれだと、オークションでそれを手放そうとしてる今、僕が訪ねてきた事を厭わない理由が……、いいや、見ればきっと、わかるだろう。

「はい、マイオス先生がどんな作品を遺したのか、それを見に、四百年ぶりにここに来ました」

僕がそう言うと、カーニャは本当に嬉しそうに微笑んで、席を立つ。

それから彼女は、僕に向かって恭しく礼をして、

「ではどうぞこちらにいらしてください。我が家を四百年、見守って下さった、守り神を紹介します。ふふ、この時に貴方が、本物が訪れてくれたのは、きっと運命なのでしょうね」

そんな言葉を口にした。

あぁ、まて。

……もしかして、そういう事か。

それはちょっと、いや、物凄く恥ずかしいな。

僕はカーニャに、マイオス先生が遺した作品が保管されてる部屋に案内されながら、自分の考えが外れている事を願う。

外れてたら外れてたで、自分の自意識過剰ぶりが、やっぱり恥ずかしいのだけれども。

案内された一室で、バサリと布を取り払って出てきたのは、僕の想像通りの代物だった。

それはノミと木槌を手にしたエルフの、……いいや正しくは、ハイエルフの像。

一目で、誰が見てもそれは、僕だとわかる精巧な、石なのに肉の温かさと柔らかさを思わせる、像だった。

更に隣には、僕がマイオス先生の工房に通ってる時に彫っていた、別の像が。

二つが並ぶと、まるで今、僕の像がそれを彫っているようにすら、見える。

多分、きっと、僕の顔は、今は羞恥で耳まで真っ赤だろう。

恥ずかし過ぎて、涙まで出てきてしまう。

だって、あのマイオス先生が、決して手放すなっていった作品が、よりにもよって僕を模した物なのだ。

もう、恥ずかしくて、光栄で、嬉しくて、……哀しくて。

僕の像は腰に、これは本物の革のベルトが巻かれてて、そこには一本の短剣が吊ってある。

カーニャがそのベルトを外して、僕にそれを渡す。

「これを貴方に返すよう、マイオス・マルマロスが言い残しています。この世で最も美しい短剣を、敬愛する職人にして、教え子に、と」

短剣を鞘から抜けば、この四百年、ちゃんと手入れされて来たのだろう。

少し古びてはいるけれど、それは間違いなく、僕がマイオス先生に近付く為に贈った、あの短剣、チンクエディアだった。

魔力を流せば、刀身に流れるように光が走って、どうやらその仕掛けは知らなかったらしいカーニャが、驚きに口を開いてる。

確かマイオス先生は、この光が流れる様を見て、流星の短剣って称したっけ。

それから、カーニャは色々と話してくれた。

例えば、僕がマイオス先生の息子、クレトスの為に製作した鎧すら、律儀に未だに保管してある事とか。

彼女が幼い頃からこの像を見て、親からもこの家の守り神だと教えられていたから、初めて見た僕が一目でその人だとわかった事とか。

「この像も、エイサーさんが持ち帰られるなら、オークションは取りやめます。息子も納得してくれるでしょう」

なんて風にまで言ってくれて、だから僕は、首を横に振る。

そりゃあ、僕を模した像がオークションに出るのは、とても恥ずかしく思うけれど、僕だって他人の像を彫ってるし、その中にはマイオス先生の物もあった。

つまりは、お互い様だ。

この像だって、四百年も見守ってきたマルマロス家の人達の、これからの生活の資金に変わるなら、それはきっと本望の筈だ。

オークションに出るのが僕を模した像だと知ったら、多分、エルフのキャラバンが入札するかも

しれないし。

「マイオス先生が流星の短剣と言ってくれたこれは、贈った品ですし、返して貰う必要はありません。持っていれば、貴方達の身を守る事があるかもしれないですし」

僕は一度は受け取った短剣をカーニャに返し、そう言った。

守り神が、もう彼らを見守らないなら、せめて身を守る手段は必要だろう。

金に困る日が来たら、これも売ってくれればいい。

その日まで大切に扱ってくれれば、それなりの値は付くと思う。

僕はもう、十分に受け取った。

四百年分の積み重なった想いが、丁寧に扱われてきた像や短剣の姿から、ちゃんと伝わって来たから。

これ以上は不要である。

パンタレイアス島には、少し歩き回ってから帰ろうか。

カーニャに見送られて屋敷を出た僕は、マルマロスの町の、砂が混じった風に吹かれながら、息を吐く。

オークションに出る必要は、もうない。

自分の姿をした像に積み重なる金額を見るのは御免である。

時間も、持ってきた事が無駄になってしまった金も、余ってた。

シェガルダという一つの国に纏まったこの地を旅してまわるのも、あぁ、悪くない。

きっと楽しい酒が飲めるだろう。

エピローグ

僕は前世で人間として生きた記憶が、……かなり薄らとだが残っているせいか、生き物とは、生まれてくればやがて死ぬものだと思ってる。

何を当たり前の話をって思われるかもしれないけれど、そう、それは当然の事なのだ。

神々がハイエルフを模して生み出したエルフ、そこから派生した新しい人。

彼らは不完全な存在ではあるけれど、生き物としては彼らの方がきっと正しい。

いや、古の種族だって、真なる不滅だなんて言ってるけれど、それは単なる思い上がりだ。

ハイエルフは生きる時間を終えた後に精霊になるが、精霊も、巨人や不死なる鳥、真なる竜だって、永遠の存在ではないだろう。

古の種族だけじゃない。

そもそもこの世界だって、未来永劫に続く訳では決してなかった。

たとえ真なる竜が焼かずとも、全てのものはいずれ滅びる。

気の遠くなるような時間の果てには、きっと精霊も巨人も、不死なる鳥や真なる竜も、存在はしていないだろう。

星の寿命が何十億年だったかは忘れたけれど、銀河にも、宇宙にだって寿命はあった筈。

つまり何にでも、やがて終わりは訪れるのだ。

例えば、僕がアイレナと過ごしてるこの時間にも。

だから否応なしに、僕はそれを受け入れなければならなかった。


新しい人には色々と種族があるけれど、エルフはその中でも希少な特徴を持つ種族だ。

それは即ち、老化をしないという事。

僕が知る限り、新しい人の中で老化が起きないのは、エルフと人魚のみである。

あぁ、後天的にそうなる仙人は別にして。

恐らくエルフがそうであるのは、ハイエルフを模したからで、人魚もそうであるのは、恐らく一度人間まで分岐した後、再びエルフに近付けようとして生み出された種族だからだろう。

神々が新しい人を創造した順番的には、まずハイエルフを模してエルフが生み出され、次は真逆の性質を備えたドワーフが、その次が強い力は持たないが拡張性に富む人間という種族が創られた。

ここまでが、神々が協力して生み出した種族で、この後は個々の神が己の好きなように新しい人を創造していく。

人間は、個々の神が己の好みを反映した種族を創造する為の、基として生み出されたのだと、僕は思ってる。

人魚を生み出した神は、新しい人の中で最も長く生きるエルフを目標に、再びそちらに近付けるような形で人魚を生み出した。

故に人魚の肉体も老いないし、生きる時間だって長い。

そう考えると、地人は人間より後に創造された種族だけれど、ドワーフに近い特徴を幾つも持ってるから、やっぱりドワーフに近付けようとして生み出されたのだろうか。

ドワーフと地人も人間より長く生きるが、エルフや人魚よりは短いし、外見上はわかり難いがちゃんと老ける。

生きる時間の長さ的には、エルフが七百年、人魚が五百年に比べ、ドワーフや地人は三百年生きれば長い方だという。

まぁさておき、僕が今話したいのは、エルフと人魚は老化と無縁の種族だって事だ。

普通に老いる種族は、老いと共に身体の動きは鈍り、病にも罹(かか)り易くなって、弱っていって死に至る。

でもエルフや人魚は老いぬから、そういった形の死に方はしない。

人魚はある日、唐突に身体が崩壊して塵(ちり)になり、消え去るように死ぬという。

本人にはそろそろだって自覚はあるらしいけれど、他人の目から見ると本当に唐突に消えるらしい。

……人魚は泡となって消えてしまう、ではないけれど、何とも儚く怖い話である。

ちなみに寿命以外での死、人や魔物に殺されたり、病で亡くなった場合は死体が残るそうだ。

多分だけれど、人魚の肉体は老いないが、それでも長い時間存在し続ける事に、やがて限界が訪れてしまうのだろう。

ではエルフの場合はどうなのか。

エルフは死が近付けば、まず睡眠時間が長くなる。

一日の半分以上を寝て過ごすようになり、これが寿命が近付いた兆候だ。

他の生き物だって、死が近付けば眠る時間は増えるけれど、エルフのこれは少しばかり意味が違う。

多くの生き物の死は、肉体的な問題だった。

人魚の死だって、肉体の限界が訪れて崩壊する。

しかしエルフの死は、魂の限界だ。

といっても魂が擦り切れて消えてしまうって事じゃない……、とは思う。

だってそれは、あまりにも悲し過ぎる。

僕は死んだ後、転生があると身をもって知っているから。

恐らく長く生きて蓄えた情報に、魂が疲れ切ってしまい、休息を求めて死に至るのだろう。

或いは蓄えた情報を消化し、魂が成長する時間を必要とするのか。

その為、エルフはまず睡眠時間が長くなり、徐々に起きている、意識を保てる時間は短くなって、眠るように死ぬ。

アイレナの眠りが長くなったのは、僕が七百三十四歳の時。

彼女は僕より十歳下だから、七百二十四歳か。

エルフにしては既に随分と長生きになってたアイレナに、頑張れば精霊になれそうだねと、冗談めかして言ったりもしたけれど。

もちろんそんな都合の良い奇跡は、起こる筈もない。

またアイレナも、エルフの範疇を超えて長く生き続ける事は望んでいなかった。

死が間近となったなら、それを厭うて目を背けるよりも先に、聞かねばならぬ事がある。

即ち、どこで最期の時を迎えるか。

「アイレナは、一体どこで眠りたい？」

多くのエルフは、自らが生まれた森を出る事もなく、その森で、自分が愛した木の下で死を前にした時を過ごす。

長い睡眠と、少しの覚醒時間をそこで過ごして、穏やかに死を迎えたならば、その木の下に埋められるのだ。

しかしアイレナは、もうずっと以前に自分が生まれた森を出て、長く人間の世界に生きてきた。

だからどこで最期の時を過ごし、どの木の下に眠るのか、彼女の望みを聞く必要がある。

例えば最期の時は白の湖の前がいいと言うなら、ヒイロに乗って連れて行こう。

その後に故郷の森で地に還りたいなら、僕が運ぼう。

アイレナの死が近付いてる事を厭うよりも前に、彼女を思うならば、最期の願いを確認し、叶える必要がある。

そう考えていたのだけれど、アイレナは首を横に振って、

「いえ、ここが良いです。土の上よりも、ベッドの上の方が気持ちいいですから。それにここの方が、エイサー様とゆっくり過ごせます」

なんて風に言った。

エルフらしさとは無縁の物言いに、僕は思わず笑ってしまう。

土の上よりもベッドの上の方が気持ちいいって、そりゃあそうだろうけれど、エルフとしては身も蓋もない。

ただ、バタバタとあちらこちらに行かないのなら、アイレナとゆっくり過ごせるのは事実だ。

「埋まるのも、林の木を、エイサー様が選んでください。長く過ごしましたから、私はこの島が好きです」

あぁ、僕もこの島は好きだった。

森ではなくこの島の、そんなに大きくない林の木々の下に彼女は埋まると言う。

それは全くエルフらしくはない希望だけれど、……でもアイレナらしくはあるのかもしれない。

彼女がこの島で過ごしたのと同じ時間だけ、僕もこの島で過ごしてる。

いやまぁ、一人で出掛ける事も多かったけれど、この島を拠点とした時間は同じだ。

アイレナがここで眠りたいと言うなら、僕がそれに反対する理由はないし、……一緒に過ごした時間を大事に思ってくれている風に感じて、嬉しい。

ここでいいなら、後はもう、ゆっくりとその時が来るまで、普通に過ごすだけだった。

僕らはお互いにもう随分と長く生きてるから、今のうちにしておかなきゃならない事なんて、もう特に残ってはいないから。

他愛のない話をして、食べたい物を食べて、少しでも長く一緒に居て、その時間を大切に過ごすだけである。


「次の生があるとしたら、アイレナは何になりたいの？」

アイレナが起きてる時を見付けて、戯れにそんな事を聞く。

僕が前世の記憶を持ってたって話は、実は彼女にはしてる。

それは南の大陸の支援に行きたいって話した時に、どうして彼の地が焼けたのかを説明し、僕とその原因になったサピーと呼ばれたハイエルフが、前世の記憶を持っていた事も教えたのだ。

以前なら決して口にしなかった前世の記憶の話だけれど、ハイエルフには時折だがそうした者が生まれるって、サリックスに聞かされたから。

僕はこの世界の異物じゃないと知って、それを口にする事ができるようになった。

まぁそれでも、アイレナに話す時はかなりの勇気が必要だったけれども。

だが彼女は、ごく普通に僕の話を受け止めて、むしろ納得がいったという風に頷いてたっけ。

そう、確か……、

『だからエイサー様は変わり者なんですね』

なんて言葉を口にして。

あぁ、もう随分と懐かしい。

アイレナは長く生きて誰かに置いて行かれる事を恐れてたから、次の生があるとしたら、人間を選ぶんじゃないだろうか。

人間としての短く密度の濃い時間を懸命に生きて、誰かと燃えるように愛し合い、子を残して老いて死ぬ。

それが彼女の理想だろうと、僕は思ってた。

「そうですね。物凄く贅沢で、不敬な事を言いますが、次があるなら私もハイエルフとして生まれたいです」

しかしアイレナの答えは、まるで模範的なエルフのようで、あぁ、いや、模範的なエルフは不敬だと思った上でハイエルフになりたいとは言わないか。

ただそんなエルフらしい憧れを含んだ答えが返ってくるなんて、少しばかり予想外だった。

「だって、ハイエルフになったら、精霊になったエイサー様にあれこれ頼み事をできるでしょう？

それって、凄く楽しそうです」

でもアイレナはやっぱりアイレナだ。

続く言葉に、僕は大いに笑ってしまう。

そうかもしれない。

今回の生では、僕がアイレナに頼み事をしっ放しだった。

時には逆のケースもあったけれど、まぁ比率としては圧倒的にアイレナに助けて貰ってる。

そっか、確かにアイレナがハイエルフになったら、僕が精霊として頼み事をされるかもしれないのか。

あぁ、それは凄く面白い。

エルフとしては飛び抜けて優秀だったアイレナの魂なら、次の生がハイエルフでも、決しておかしくはないだろう。

もちろん可能性は小指の爪先程もない話だが、零（ゼロ）でないなら妄想するくらいは許される。

「それは楽しそうだね」

僕が笑いの止まらぬままに、目尻の涙を拭ってそう言えば、アイレナも笑みを浮かべて頷いた。

本当に、そんな事があればいいのに。

「じゃあ、どんな事をお願いするか、今から考えておかないといけませんね」

そう言って彼女は、また少しばかり眠る為に目を閉じる。

徐々に、眠る時間は増えて行く。

だけど僕らに、恐れはない。

それからもアイレナは眠っては目覚めを繰り返し、やがて眠ったままとなって死んだ。

心揺さぶるようなやり取りはなく、涙もなく、ただ穏やかな時間だけを過ごして、アイレナは逝った。

彼女の身体は、その言葉通りに島の林に深く埋める。

林の木々に、アイレナの眠りを守って欲しいと、そう伝えて。

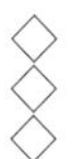

アイレナの死後、パンタレイアス島は悲しみに包まれる。

ゆっくり時間を掛けてそれを受け入れていた僕よりも、ずっと島の皆はアイレナの死を悲しんだ。

島の名前を、パンタレイアス島から、アイレナ島へと変えてしまうくらいに。

彼女がどれだけ島の発展に心を尽くして来たのか、皆はちゃんとわかってくれていたのだろう。

僕はそれから半年掛けてアイレナの銅像を作り、島の広場に設置した。

そう、石像じゃなくて銅像である。

海風の吹くパンタレイアス……、アイレナ島には、石像よりも銅像、正確にはブロンズ像が向いていると思ったから。

まずは石像を彫って型を取り、何度も試作を繰り返して、納得のいくブロンズ像を作ったのだ。

それから、僕は島を出る。

流石に、アイレナ島は彼女の思い出が多過ぎた。

何せ今は、島の名前からしてアイレナなのだ。

ここで過ごせば、僕は全ての時間を思い出に浸って過ごす事になるだろう。

それも決して悪くはないが、少なくともアイレナは僕にそんな生き方を望まない。

島の皆は別れを惜しんでくれて、家や工房は残しておいてくれるらしいが、……まぁ彼らの子や孫、更にその先の世代になれば、建て替えるなり何なりして、誰かが使うようになる筈だ。

僕はそれでいいと思う。

ハイエルフとしての生が終わり、精霊になるまではもう少しばかり時間があった。

その時間を、僕は一体どうやって過ごそうか。

僕は森を出てから、多くの大切な人々に出会って、その死を見送っている。

色んな人がいたけれど、誰もが皆、精一杯に自分の時間を生きた。

そんな彼らとの思い出が、僕の背中を押す。

ハイエルフとして生きる時間は長いけれど、僕も彼らのように自分に与えられた時間は精一杯に生きよう。

少なくとも、彼らと共に過ごしたハイエルフである間だけは。


……そして、そのもう少しばかりの時間も過ぎた。

具体的には二百年と幾許(いくばく)か。

今、僕がどうしているかといえば、故郷であるハイエルフの森で過ごしてる。

時折、不死なる鳥のヒイロに乗って、あちらこちらに行く事はあるけれど、以前のように自分の足での旅は、もう暫くしていない。

残った財産やら、愛用の魔剣以外の作品は、各地に隠して宝の地図を描いてきた。

ハイエルフの、深い森に置いておくより、その方がきっと楽しいだろうと思って。

僕はもう、精霊になる時も間近である。

この肉体を、魂が窮屈に感じているのが、どうしたってわかってしまう。

旅の最中にハイエルフとしての時間を終えるのも僕らしくはあるけれど、そうなると問題は残される肉体だ。

吸血鬼や吸精鬼やらの邪仙に見付かると何に使われてしまうかわからないし、地に還ればそこには大きな森が生まれるだろう。

そんな事になると、誰かに物凄い迷惑をかける羽目になる。

例えばの話だが、町の酒場で酔った拍子に、うっかり精霊になってしまったとしよう。

それはとても僕らしいうっかりではあるけれど、残された身体は町の墓地に埋葬されて、その十年後には町が森に飲まれました。

……なんて事になりかねないのだ。

故にこの身はちゃんとハイエルフの聖域に還す為、僕は残りの少しばかりの時間を、深い森で過ごしてる。

ただ僕はやっぱり、何もせずに時間を過ごすのは向いてないから、数ヵ月に一度、一週間から二週間くらいは、深い森を出てプルハ大樹海で、剣で魔物を狩っていた。

といっても魔物を殺しまくってる訳じゃない。

本当は、その方が世界の終焉を遅らせられるのかもしれないけれど、やっぱり食べもしないのに殺すだけってのはあまり好きになれなかったから。

大きな魔物を食べ尽くすのは無理にしても、少しでも口にする心算で狩っている。

ただ集落のハイエルフ、特に若いハイエルフには、精霊に頼らず剣一本で魔物を狩る姿が目新しいらしく、僕の狩りに同行したがったり、剣の振り方を教えてくれって言い出す者が、実は少なくない。

あぁ、これがサリックスの言っていた、悪い影響って奴なのだろうか。

そんな風には思うけれど、僕は悪い影響を与える側のハイエルフなので、付いてきたい者は好きにさせてるし、剣も振り方くらいは教えてる。

何かを切る為じゃなく、好奇心や時間を潰す為に学ぶ剣がどこまで形になるかは知らないが、……まぁ僕も、最初に剣を握った動機は似たようなものだったし、偉そうに言えた義理じゃないから。

また好奇心から肉の味を覚えた若いハイエルフは、僕が精霊になった後も、魔物を狩り続けるかもしれない。

そうなると、世界の終焉を遅らせる為に、ほんの少しの役には立つ筈だ。

もしうっかり、更に外の世界に興味を持って出て行ってしまうと……、そりゃまあ大変な事になるけれども。

しかしきっと外の世界に出て行ったハイエルフは、貴重な経験ができるだろう。

それも善しと考えてしまう辺り、僕は本当に悪いハイエルフだった。

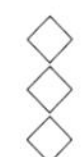

「先達たる楓の子よ、この子が、最も新しく生まれた同胞です」

ある日、僕はそう口にした一人のハイエルフの女性に、赤子を渡され、腕に抱いた。

他人事のような言葉だけど、この赤子は間違いなく目の前の彼女が産んだ子である。

ただ、ハイエルフには我が子って感覚があまりない。

何故ならハイエルフにとって赤子は、誰の子供であるかの前に同胞であり、集落でというか、種族全体で育てるべき対象だ。

そうする事が可能なくらいに、絶対数が多くないから。

血縁への情は同胞への情と混ざり合い、区別が付かなくなっている。

己に連なる子は愛しいが、そうでない子も変わらず愛しい。

それがハイエルフの子供に対する認識だった。

なんて事を言っておきながらなんだけれど、実は目の前のハイエルフの女性は、二百と何十年か下の、僕の弟の娘である。

何でも以前、僕が不死なる鳥を探して深い森に戻った時、あぁ、いや、正確には、それでも故郷に留まらずに再び外の世界に出て行った時に、僕の父と母は交わって弟を生んだそうだ。

そのままだとハイエルフが減ってしまう事を憂えたのか、それとも僕が再び森を去ったから寂しくなったのか、どんな気持ちでそうしたのかは知らないけれども。

まぁ血縁って認識のあまりないハイエルフの弟に、ずっと会わずに過ごしてた僕が今更ながらに兄だと振る舞える筈もないのだけれど、ただなんというか、その弟に娘がいて、更に赤子が生まれた事は実に嬉しい。

しかしそれはさておき、利発そうな赤子であった。

まだ目もハッキリとは見えてないだろうに、少しでも周囲の情報を得ようともがく。

そう、まるで今の自分の置かれた状況を、把握したいとでもいうかのように。

また目を凝らして赤子をよく観察すれば、この子の魂の不滅性は、生まれたばかりにしては既に随分と形作られていて、僕はある事を確信する。

ハイエルフの最大の特徴は、その魂の不滅性にあり、魂が不滅であるからこそ、ハイエルフとしての生を終えれば、次には精霊としての時間が待つ。

但しその不滅性を獲得する時期は個々に違って、生まれた時からそうである者、物心付く頃に漸くそうなる者と、様々だ。

だが千年か二千年に一人程だけれど、ハイエルフの中には、生まれる前から魂の不滅性を獲得している者もいるらしい。

そしてそんな生まれる前、より具体的には前世で死を迎えた後、その記憶が失われる前に、魂が不滅性を得ていたハイエルフは、不完全ではあっても過去の記憶を保持したまま、この世界に生まれて来るのだ。

例えば、僕がそうであったように。

つまりこの子も、その千年か二千年に一人くらいで生まれるハイエルフなら、僕と同じく前世の記憶を持っているのだろう。

尤も、僕の前世とこの赤子の前世が、同じ世界であるとは限らないのだけれども。

まぁそれに、前世の記憶を持っているかどうかなんて、最終的には些事だった。

何せこの子も、ハイエルフとして千年を生き、その後は精霊としてずっと存在し続けるのだ。

その運命から逃れる方法は、僕の知る限り一つしかない。

だからどんな記憶を持ってたとしても、これから先に得る経験、見る景色、食べる物、積み重ねる時間の前には、誤差のようなものとなる。

大切な事は唯一つ。

「今の君には、僕の言葉は理解できないかもしれないけれど、君の物心が付いて、自分が誰であるかをはっきり認識する頃には、きっと僕はもうハイエルフではなくなってるだろう」

僕は指の背で赤子の頬を軽く撫で、囁くように語りかけた。

たとえ理解できなくとも、伝えたい言葉があったから。

「君が以前、どんな存在で、どんな世界に生きてきたかを、僕は知らない。もしかすると、いや、きっと君は、以前の自分と今の自分、以前の世界と今の世界を比べてしまうだろう」

この赤子は、今は僕の指を握る事すら、まだできない。

それでも、僕の声に、赤子はこちらに意識を向ける。

「それでいい。沢山比べても構わない。だけど比べてどんな風に思っても、簡単にこの世界を見切

ってはいけないよ。何故なら君に見える世界は、どんなに目を見開いて頑張った心算でも、僅かな一面、ほんの一欠片でしかないからね」

前世の記憶を持っていれば、どうしたって今と過去を比べてしまう。

僕だってそうだった。

でも別にそれが悪い訳じゃない。

悪いのは、自分が見ているのが物事の一面に過ぎないと気付かず、全てを見切った気持ちになる事。

こんな物だと見切って全てを知った心算になってしまえば、本当に大事な、素敵な何かも見落としてしまう。

「ゆっくり、じっくりこの世界を見るといい。多くの素敵なものが見付かるよ。この世界は、本当にいいところだから、君も好きになってくれると思う」

それが見付かるまでには、長い時間が掛かるかもしれない。

だけど僕らは、何に対してでも長い時間を掛ける事を許された生き物だ。

慌てず、焦らず、見切らずに。

「この世界を愛すれば、愛した分だけ、何かを返してくれる。おめでとう。これからの君が生きる時間には、きっと多くの幸せが待っているよ」

だって僕も、多くの幸せに恵まれながら、この千年近くを過ごして来たから。

楽しいばかりじゃなく、寂しかったり悲しい事も決して少なくはなかったけれど、それでも僕は、この世界が大好きだった。

腕の中で僕の声を聞いてる赤子に、この気持ちが伝わってるのかどうかはわからないけれど、この子もその沢山の幸せを見付けられればいいなと、そう思う。

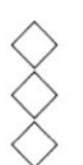

ハイエルフの聖域は、相変わらず不思議な空間だった。

周囲の全てが、上まで絡み合う木々と葉に覆われて、外とは隔離されている。

なのに何故か明るい光に満ちていて、そして随分と暖かい。

いや、ちょっと暑いくらいだ。

何となく、僕は座りの良さそうな場所を見付けて、腰を下ろす。

地に尻を付けて座り込めば、あぁ、僕はもう二度と自分の足で立ち上がる事はないのだなと、そう思えた。

根が生えたように動きたくないって表現があるけれど、今の僕の気分は正にそんな感じである。

本来ならこのハイエルフの聖域は、長老しか立ち入る事はない。

尤も普通のハイエルフは長く生きて、精霊になる前辺りには自然と長老と呼ばれるようになっている。

ただずっと外の世界を渡り歩いてて、深い森に帰って来なかった僕は例外だ。

精霊になる直前のハイエルフとしては、今の深い森では唯一長老とは呼ばれていない。

とはいっても、普通に年長者としての敬意は受けるし、若いハイエルフが僕から外の世界の話を聞きに来る事も少なくはなかった。

まぁ、それはさておき、だから長老でない僕は、本来ならばこの空間には立ち入れないのだけれど、実はそれに関しても僕は例外だ。

何故ならこの空間の主である不死なる鳥、ヒイロが僕を招くから。

不死なる鳥として成長したヒイロは、もうこの聖域に収まるようなサイズじゃない。

ただこの場所はヒイロが生まれた場所だから、縁がとても強いのだろう。

『そう、その時が来ましたか』

目を閉じれば、僕の頭の中に、ヒイロの声がハッキリと響く。

その声は、少しばかり寂しそうに聞こえた。

「うん、もう、身体が本当に窮屈に感じるから、何時抜けちゃってもおかしくないかな。でも消えてなくなる訳じゃないのに、ハイエルフとしては死ぬって、どうにも奇妙な気分だね」

死に対する恐怖はない。

単に精霊になるだけだという実感は、身体の窮屈さと共に強くなってるから。

きっと子供が成長し、小さくなった服を脱いで着なくなるように、僕は肉体から抜けるのだろう。

『えぇ、私達の死は形だけのものです。私も何度も繰り返してますから、ご安心ください』

どうやらヒイロは、僕を慰めようとしてくれてるらしい。

あぁ、うん、確かに、死に対する恐怖はないが、これまでの時間を愛しく思うだけに、肉体を失う事に寂しさはあった。

……そうか、僕が肉体を失えば、もうヒイロの背に乗って空を飛ぶ事もなくなる。

きっとヒイロの声に含まれる寂しさは、そのせいだ。

「ありがとう。ヒイロが色んな所に運んでくれたから、本当に助かったよ。空を飛ぶのは楽しかった」

これは別れじゃないけれど、しかし失うものがない訳じゃなかった。

でもそれは、これまでだってずっとそうだったから。

寂しくは思っても恐れないし、受け入れて僕は前に進めるだろう。

『私も、楽しかったです。もし貴方が風の精霊になるならば、また一緒に空を飛べるでしょう。きっと貴方にはそれが似合う』

だけど僕は、そのヒイロの声には、思わず苦笑いを浮かべてしまう。

残念ながら、僕がどんな精霊になりたいのかは、もうずっと前から決めていた。

ヒイロの提案も素敵だけれど、僕の望みは別にある。

僕は、ずっと使ってきた魔剣を抱え込む。

思えば、僕と一番付き合いが長いのは、この魔剣だ。

鞘は作り直したが、魔剣自体は補修したり、手入れをしながらもずっとずっと使ってきた。

この魔剣は、もう僕の一部だった。

だから僕の肉体と一緒に、ここで地に還す事になる。

僕の魔力の供給が途切れれば、単なる薄く脆い剣となり、早々と朽ちるか砕けて、聖域に取り込まれるだろう。

あぁ、そう、僕は剣になりたかった。

いや、少し違うというか、それは結論を急ぎ過ぎか。

僕は精霊になれば、地の奥底に眠る金属に宿りたい。

その金属に馴染み、僕とそれが一つになって、そしたら誰かに掘り出されて、鍛冶師に鍛えられて剣になりたい。

仮にその鍛冶師が未熟だったら、囁きかけて導こう。

僕を逸品の剣として製作するに相応しい鍛冶師になるまで、仮に精霊となった僕の声が聞こえずとも、あれやこれやと手を尽くして育てるのだ。

それから剣士に所持されて、共に世界を歩きたい。

もしもその剣士もへっぽこだったら、やっぱり僕が導く。

別に剣士に関しては、僕に相応しい腕を持てだなんて言わないけれど、安易に命を落とさない程度には、鍛えたいと思う。

また人の手から人の手へと渡り歩けば、中には僕と相性が良くて、声が聞こえる誰かもいるかもしれない。

そうなればきっと、楽しい時を過ごせる筈だ。

要するに、僕は精霊となった後も、人に交わって存在したいと思ってた。

あぁ、随分と俗な願いだけれども、だって僕は俗物だから、仕方ない。

これまでは、それをクソエルフと称したけれど、これから先は何を自称しようか。

クソ精霊は語呂が悪いし、何だか他の精霊にも悪い気がする。

いっそ精霊は名乗らずに、魔剣だとでも名乗ろうか。

人格の宿った剣なんて、いかにも魔剣染みてるし。

あぁ、想像すればとても楽しみになってきた。

僕はハイエルフとしての最後の瞬間も、こうして楽しく過ごせてる。

本当に恵まれた時間だった。

そしてこれから先も、その恵まれた時間を見付けよう。

『そうですか、ええ、貴方は、私が見てきたハイエルフの中でも、とびきりの、一番の変わり者でした。そして共に過ごして一番楽しいハイエルフでした。ですから、もしも剣となった貴方を持った誰かが私の前に現れたなら、私はこの背に乗る事を許すでしょう』

僕はヒイロの声に頷いてから、大きく大きく息を吐く。

うん、そろそろだ。

広がる自分を、身体の中に留められない。

ハイエルフとしての時間が、もう終わる。

でも僕は、ハイエルフとして時間が終わっても、この千年で得た記憶は、全て溢さずに持っていく。

これは僕の、輝くような宝物だから。

僕は、転生してハイエルフになりましたが、過ごした千年はとても楽しい時間でした。

だからいつか、またどこかで。

断章　零れた記憶

彼を偲ぶ

青海州のとある森の前で、僕はここまで運んでくれた馬の背を降り、その首を軽く叩く。

すると、この国では仙馬とも呼ばれる、その賢いサイアーの血を引く馬は、僕に顔を擦り付けた。

実に可愛いが、でも僕が今日、ここに来たのは、馬と戯れる為じゃない。

確かソレイユは、仙馬はとても頭が良いから、知らない人には付いて行かないので、降りたらそのままにしても大丈夫だと言ってたけれど……。

正直、サイアーの血を引く馬達は、どの子も最初からとても僕に懐（なつ）いてくれたから、知らない人に付いて行かないって言われても、ちょっと信じ難かった。

だけど、この先に連れて行くのも難しいし、仕方ないか。

僕はもう一度、馬の首を撫でてから、未練を断ち切って、振り返って森に踏み込む。

目的地は、わかってる。

いや、初めて訪れる場所だけれども、木々や、精霊達が導いてくれる。

だから僕は真っ直ぐに、その場所を目指して進む。

ここに来たのは、今日は僕一人だけ。

アイレナも、パンタレイアス島に帰るまでには、一度は来たいと言ってたけれど、最初は僕一人の方がいいだろうって、妙な気を回してたから。


森に入って、小一時間程ゆっくり歩いただろうか。

僕は少し開けた場所に辿り着く。

そしてその中央には、石が幾つか積んである。

ここは、黄古帝国を訪れたウィンが、ソレイユと幾度か会った場所で、そして彼が死んだ場所らしい。

つまり積まれた石は、ウィンの墓だ。

尤も墓といっても、この下にウィンの骸が埋まってる訳ではないけれど。

全ての役職から退いて老いたウィンは、黄古帝国を訪れて、それから死ぬまでの少しの間、この地で暮らしていたという。

それでも彼は、西部一の大国、サバル帝国の元皇帝だ。

死後、骸は魔術で保存され、西部に運ばれて、盛大に弔われたらしい。

この地に残されたのは、髪の一房のみだった。

故に僕にとって、ウィンが眠る墓は西部にあるそれじゃなくて、ここになる。

ウィンが最期に、ソレイユに会う為にやって来たのだから、彼を偲ぶ場所はここだ。

もちろん、ウィンを慕うサバル帝国の人々が、あちらの墓で彼を偲ぶのも、それは正しい行為だけれども。

「やぁ、ウィン。いい場所だね」

僕は墓の前に座り込み、ぐるりと見回してから、そう言葉を吐く。

当然、墓に語り掛けたところで、死んでしまったウィンに、僕の言葉は届かない。

だから僕が語り掛けるのは、僕の中に在る、記憶の中にいるウィンだ。

この地を訪れたウィンは、きっと複雑だっただろう。

何故なら彼は、ずっと昔に大勢の仲間を、聖教主を名乗る吸精鬼、邪仙に殺されてしまってる。

なのに自分の血を引く娘が、もしかすると邪仙に堕ちるかもしれない、仙人への道を歩いているのだ。

彼は、ソレイユに一体どんな言葉を掛けたのだろうか。

僕はそれを知らないし、今更ソレイユからそれを聞き出そうとも思わないが……、二人が納得できていれば、良いなとは思ってる。

ここは、世辞ではなく良い場所だ。

森の中でありながら、日差しは届くし、静か過ぎもしない。

耳を澄ませば鳥の声や、風にざわめく木々の葉の音が聞こえてくる。

だからだろうか。

ここでは、ウィンの事が、とても良く思い出せた。

小さくて、僕を見て笑ってくれたウィン。

自分の我を出せなかったウィン。

少しずつ自分が出せるようになってきて、ジャンペモンを立ち去る時に大泣きしたウィン。

カエハの二人の子供と、自分が歩む時の違いを知って、傷付いていたウィン。

ドワーフの子供に交じって、彼らと一緒に学校に通ってたウィン。

僕への対抗意識から、剣も鍛冶も熱心に学んでたウィン。

木剣を握り、相対(あいたい)したウィン。

西部で再会して大きくなってて、もうその時にはとても辛い道を歩いてたウィン。

皇帝になっていて、僕にソレイユを託した、とても寂しそうだったウィン。

次から次へと思い出が湧いて来て、目から溢れて、零(こぼ)れて落ちる。


僕は彼の事を、一体どれだけ理解できていただろうか。

実はあまり、自信はない。

知ってる事は、沢山あるけれど、理解となると、どうなのだろう。

ただ、以前、ウィンは僕に、

「子供の頃のボクは、誰よりも幸せな子供だったと思ってる」

そう言ってくれた。

本当に嬉しい言葉だった。

僕はそれを信じていて、その言葉に満足してる。

大人になれば、幸不幸は簡単には言い表せないとは思うが、最期の時に、ウィンは満足して終われただろうか。

できれば、ウィンの生が、彼にとって満足いくものであって欲しい。

ウィンの生き方を、僕が理解できてるとは、言えないけれど、彼が居た事で、とても多くの人が救われたと、知っている。

なら、ウィンだって、救われていて欲しい。

いや、そんな事は関係なくとも、僕はウィンが幸せな生を過ごしていて欲しい。

僕の、とても頑張った息子を、僕はずっと、ハイエルフとしての時間が終わった後も、決して忘れはしないだろう。

深い森の、悪いハイエルフ

剣を構えて、息を整える。

向こうは既に僕を捕捉済みで、べきべきと枝や、或いは細い木はそのまま圧し折って薙ぎ倒し、茂みを踏み荒らしながらこちらを轢き殺そうと突進中だ。

その相手は、猪の魔物。

以前に弓で狩った事があるグリードボアに比べると、体高が倍近くあって、体重は比較が難しい程に大きい。

森を砕き散らしながらの突進の威力も、やはりグリードボアとは比較にならないくらいに強力だろう。

流石はプルハ大樹海の魔物と言うべき巨体だった。

まぁ、大きくて速ければ当然強いが、それだけなら対処法は幾らでもある。

正面から斬る事も可能だけれど、それは些かスマートじゃない。

僕が盛大に血塗れになるし、血抜きだって大変だ。

精霊の力を借りて、例えば巨大な壁を生み出して受け止めるのも、やっぱり大袈裟に思う。

竜でも、大群でもない、単に大きくて速いだけの一匹の魔物を殺すのに、そこまでする必要は別にない。

そうするしか相手を倒せず、自分の身を守れないなら、否定する気はないけれど、僕はもう剣が一本あれば、大抵の相手はどうにかなるから。

友人である精霊の力を借りるのは、剣ではできない事だけで十分である。

具体的には、狩った猪の肉を水で洗ったり、冷やしたりとか。

目の前の木が圧し折られ、巨大猪が間近に迫った。

そろそろいい頃合いだ。

僕は軽く横に跳び、それから一度、スパッと剣を振るう。

大切なのは、タイミング。

早すぎれば猪は突進の軌道を修正して僕を轢くし、遅すぎれば普通にやっぱり轢かれてしまう。

相手の視界から、不意に僕が消えたように感じるそのタイミングで、身を躱(かわ)して攻撃を加える。

斬る場所は、何となくわかってた。

昔は、そうした事は精霊に聞いて、共感して教えて貰ってたけれど、今は長く経験を積んだからか、それとも年を経て精霊に近付いたせいか、自身の感覚でそれがわかるようになっている。

巨大な猪の体内の、命が流れる動脈の場所が。

身を躱した僕の隣を、巨大猪は通り過ぎ、喉の辺りから大きく血を吹き出す。

後はまぁ、動きが止まれば地に傾斜を作って、より血を流れ出易くしてやれば、大雑把にだが血は抜ける。

振った剣を確認すると、血も脂も付いてない。

あぁ、今の一振りは、中々に良かった。

僕は僅かな満足感に浸りながら、巨大猪が動きを止めるのを待つ。

魔物の生命力は高く、油断をすれば手痛い反撃を喰らってしまう。

だけど油断しなければ、そう、今日の食事は豪勢だ。


食を目的とするならば、猪の魔物は大当たりになる。

鹿や蛇も悪くないし、魔物によっては猪を上回る事もあるけれど、大体の場合、安定して肉としての満足感を与えてくれるのはやはり猪だろう。

鳥やウサギ、アナグマなんかも悪くはないが、大きな魔物はあまり見ないし。

僕は少しウキウキとしながら、巨大な猪の魔物の解体に入った。

もちろんあまりに大きいから、こんなのとてもじゃないけれど食べきれない。

だから大部分は、土に埋めて地に返すか、他の獣の餌となる。

ただ仕留めた者の特権として、美味しいところは戴こう。

まずは何といっても心臓と、脂の美味しい背のロース、それから逆の内ロースのひれ肉だ。

というか、まずは、なんて言い方をしたが、これでも一人じゃ食べきれない程の分量だった。

でも折角の猪だから、前脚と後ろ脚も、一部は戴いておこうと思う。

これを加工して燻製にすれば、ハイエルフの聖域、深い森の中でも、のんびり肉を楽しめるし。

僕がそう思いながら解体を進めていると、一つの気配がこちらに向かって近付いてくる。

既にこちらを見付けているらしく、迷いなく、一直線に。

「あぁ、先達たる楓の子よ。今日もその、剣で獲物を仕留めていたのか」

そう言いながらやって来たのは、一人の若い……、といってもハイエルフは見た目の変わらない生き物だけれど、彼は本当に若い、大人になったばかりのハイエルフの男だ。

名前、というとハイエルフは不機嫌になるから、呼び名は落葉松(カラマツ)の子、ラリックス。

どうやら若い彼は、僕が他のハイエルフと違って、剣で魔物を倒してはその肉を食べてる事に、酷く好奇心を刺激されてるらしい。

後は、何度か食べさせてやった、その肉の味にも。

「そうだね。僕は剣が好きだし、魔物は倒しておかなきゃならないって考えてるからね。まぁ、食べたいからってのもあるけれど。ラリックスも食べていく？」

僕が問えば、ラリックスは迷いなく頷いた。

最初は、随分と躊躇ったものだけれども。

少しずつというか、急速に、彼は普通のハイエルフの道を踏み外し、僕の影響を受けつつある。

ずっと昔に、深い森の長老であったサリックスが言っていた通りに。

でも僕は、悪いハイエルフなので、そんな事は気にしない。

このハイエルフとして生きる……、もう残りはそんなに多くないであろう時間が終わるまで、魔物を狩ったり、時にはその魔物の毛皮と、香辛料や酒を交換しに、大樹海の外に行ったりしながら、気儘（きまま）にのんびり暮らすだろう。

その過程で、他のハイエルフが今の僕の生き方に興味を持てば、ある程度はやり方も教える心算だ。

世界の終焉を遅くする為に、魔物は少しでも狩った方がいいし、ハイエルフはもう少し戦い方を覚えるべきだから。

獣の解体や調理、剣の振り方、大樹海の外でエルフのキャラバンと接触し、彼らの助けを得る方法。

教えて欲しければ、何でも聞けばいい。

興味のある事から少しずつ、一人ずつ、時間の許す限りは影響を振り撒（ま）く。

別に、僕からの無理強いは決してしないけれども。

まぁ、それはさておき、調理はどうしようか。

素直に焼くか、葉に包んで蒸し焼きか、折角他に食べる相手がいるのだから、久しぶりに鍋を引っ張り出すのも悪くない。

番外編　出会いの欠片

長い耳の神様

村が呪われたのは、私が十二歳の頃。

手足が焼けたように黒ずんだり、痺れたり、びくびくと勝手に動いたり、痛みに泣きわめいたり、錯乱して暴れ出す人が、村の中に現れ始めたのだ。

最初は何かの病気かと思って、森で採れた薬草を飲ませたり、冒険者をしていた魔術師を雇って治癒の魔術を施しもした。

けれども状況は何も変わらず、それどころか少しずつ手足が黒ずんだ村人は増えて行く。

雇った魔術師は、これは呪いだと、巻き込まれたらかなわないと言い残し、村から逃げ出し、いなくなる。

呪い。

その言葉が広がってからは、村の空気は最悪だった。

こんなにも強い呪いを掛けられるんだから、きっとその相手はとても強大な存在だ。

例えば神様のような。

ではどうしてその神様のような存在が、この村に呪いを掛けたのだろう。

誰かが不興を買ったのか。

一体誰だ。

誰のせいで村は呪われた。

その不心得者を探し出せ。

皆が必死だったのだ。

誰だって、痺れたり痛みに苦しんだり、心が壊れて死にたくはない。

或いは、自分はともかく、家族にそんな目に遭って欲しくはない。

せめて誰かのせいであったなら、その誰かに罪を償わせれば、この状況が打開できるんじゃないかと、本当にあり得ない僅かな可能性を信じて縋って。

誰もがおかしくなっていた。

呪われた村を捨てて別の場所に逃げるって選択は、取れなかった。

村を捨てるという事は、切り開いた畑を、家畜を、財産の殆どを捨てるって意味になる。

そんなの選べる筈がない。

もし仮に、強い意志でそれを決断して村を捨てても、呪われた場所から逃げてきた人達を、一体どこの誰が受け入れてくれるのか。

真っ先に村の皆が疑いの目を向けたのは、隣の家のトルムおじさん。

何故ならこの村で一番初めに手足が焼けたように黒ずんだのが、そのトルムおじさんだったから。

最初に症状の出たトルムおじさんこそが、偉大な何かを怒らせて呪いを招いた元凶であると、村の皆は考えたのだろう。

でも私は、違うと思った。

だってトルムおじさんは、身体が大きくて他の人よりも食いしん坊だけれど、とても優しい人なのだ。

村で人手の足りない家があれば、トルムおじさんは真っ先に手伝いに行った。

自分は他の人より多く食べるから、その分は余計に働かないといけないのだと笑いながら。

そんな優しいトルムおじさんが、何かを怒らせて村に呪いを招くなんて、どう考えてもおかしい。

だけど私には、村の皆に対する反論は思い付かなかった。

もしもトルムおじさんを庇うなら、他の誰かを不心得者呼ばわりする事になる。

またトルムおじさんは、以前に痛みに耐えかねて大暴れし、取り押さえようとした大人達に怪我をさせていたから。

トルムおじさんの姿は村から消えた。

どうなったのかは、誰も口にしない。

元より、最初に症状の出たトルムおじさんの状態は酷く、手足も落ちてしまっていたから、長くはなかったのだろうとは思う。

けれどもトルムおじさんが居なくなっても、村の呪いは消えず、皆は再び不心得者を探し出す。

症状の有無が関係ないなら、次に不心得者だと疑われたのは、村の嫌われ者だった。

アイツなら呪いを招いてもおかしくないと誰かが言えば、アイツならやりそうだと続き、アイツに違いないと皆が頷く。

村の嫌われ者は、自分から村を出て逃げてしまったらしい。

本当にそうなのかはわからないけれど、誰もがおかしくなっていくこの村が、私はとても怖かった。

症状が出た人、嫌われ者の次は、きっと役立たずになる。

私は子供の割には賢いなんて言われてたから後回しにされるかもしれないけれど……、うぅん、だからこそ逆に早まるかもしれない。

誰かが、あの子なら呪われるような悪さも思い付くと言い出したら、今の村ではそれが真実にされてしまう。

私の順番が回ってくるのと、この村が呪いで滅びてしまうのと、一体どちらが早いだろうか。


でもその人が現れたのは、そんな時。

村で最初にその人を見付けたのは私だけれど、私にはとてもそれが人には思えなかった。

畑の脇にしゃがみ込み、麦の様子をジッと見詰めるその姿は、どう見ても不審者だ。

なのに不審者どころか、人ですらないと私が感じてしまったのは、その人があまりに綺麗だったから。

まるで人間じゃないみたいに。

「あの、お兄さん、そこで何してるんですか？」

私は、そう声を掛ける。

美しいものは、幾度も見た事があった。

例えば青く澄んだ空を流れる雲。

夕暮れ時に輝く麦。

灰色の空から落ちてくる白い雪。

あぁ、その人の美しさはそうした風景を思い起こさせる、人間の美醜とはかけ離れたものだと私には思えた。

不審者だと警戒する気が起きなかったのだ。

「あぁ、村の子だね。そうだねぇ……、寄り道かな。東へ行く心算なんだけど、ちょっとこれは見過ごせなくてね」

こちらを振り向いた彼の耳が尖ってる事に、私はその時気付く。

どうやら本当に、人間じゃなかったらしい。

確か耳が長くて美しい種族は、エルフというのだと聞いた事がある。

でも東って、冒険者か何かだろうか？

東に向かうと、人喰いの大沼って怖いところからやってくる魔物と戦う国があるのだけれど、こんなに綺麗な人が魔物と戦うなんて、ちょっと想像ができない。

私が首を傾げていると、彼は笑みを浮かべて、

「村の偉い人のところに、案内して貰えるかな。きっと困ってると思うんだけれど、大丈夫。なん

とかしてあげられるから」

なんて言葉を口にする。

一体、何を言ってるのかわからない。

村が困ってるのは確かだけれど、どうしてそれを知ってるのか、何の為に関わろうとするのか、一つもわからなかった。

彼が自信満々にそう言ったのなら、私は疑ったし怖がったと思う。

けれども彼の態度は、自信に満ちたものどころか、ごく当たり前の事を口にしてるだけって、なんでもないよって、そう言ってるみたいで。

私は不思議と、今はもういないお祖父ちゃんを思い出す。

昔、嵐が来るかもって村の人達が噂してて、私が怯えてた夜、お祖父ちゃんは大丈夫だよってそう言った。

自信満々にじゃなくて、ごく当たり前のように。

そしたら嵐は、本当に村にはやってこなかったのだ。

今、目の前にいる彼の雰囲気は、その時のお祖父ちゃんを思い出させる。

そういえばエルフはずっと見た目が若いままだって聞いたけれど、もしかすると目の前のこの人も、凄くお年寄りなのだろうか。

とてもそんな風には見えないのに、そう考えると不思議と納得ができた。

同時に、何だかとても安心して、溢れる涙が止まらなくなる。

村でも目立たないように、ずっと泣くのは堪えてきたけれど、もう大丈夫なんだと思ってしまって。


だけど、私がそのエルフの人を村に案内しても、村の人達はすぐには彼を信じなかった。

何しろ彼は、この村に広まった呪いの原因は、麦にかかった病気だと言ったのだ。

村に貯蔵された麦、それから畑で育っている最中の麦も、全て焼き払わなければ村はやがて滅びてしまう。

それどころか、近隣の村々にまで呪いが広がりかねないと。

私はその言葉が、ストンと胸に落ちたように納得する。

あぁ、だから最初に症状が出たのが、食いしん坊のトルムおじさんだったのだ。

他の誰よりも病気の麦を多く口にしたから、大きな身体でも呪いの症状が早く出てしまった。

それは間違いなく、村の誰かが何かを怒らせて呪いが降りかかったとの話よりは、筋の通った理屈だろう。

なのに村の人々は、麦を焼ける訳がないと怒り出す。

もちろんそれも当たり前の話だ。

確証もなく食料を焼いて、自分達が飢える道なんて誰が選べるだろうか。

いや、そもそもこの症状が呪いでなく、麦の病気が原因ならば、自分達の行いは一体何だったのかと、誰もがそれを直視したくなかったから。

皆はそのエルフを村から叩き出そうと、農具や棒に手を伸ばす。

私は、思わず皆の前に立って止めた。

だって、そう、きっとこれは、村が助かる最後のチャンスだ。

信じなかったら、辛い事から目を逸らすだけでは、状況は何も変わらない。

けれども村の人達は止まらずに、そのエルフは私に笑ってこう言った。

「君は賢くて、勇気もある。でも皆がそれ程に強い訳じゃないからね。少し下がってるといい。さっきも言ったけれど、もう大丈夫だから」

恐れる様子を欠片も見せないエルフは、そういって懐に手を入れて、キラキラと光る何かを取り出す。

それは……、何とお金だ。

でも単なるお金じゃなくて、掌一杯の大金貨だ。

私は、うぅん、村の誰もが同じだろうけれど、大金貨なんて見た事がなくて、それどころか金貨すら、村長でも持ってないお金なのに。

その輝きと存在感は、それが間違いなく大金貨だと、皆がわからされて、手足が止まる。

何故なら、見せられた大金貨は、村に貯蔵した麦、畑に育ってる麦の全てどころか、それに加えて全員の村人が奴隷に売られたって、まだ届かないだろう額だったから。

仮に適正の麦の代金を見せたところで、村の皆は止まらずにそれを奪おうとしたかもしれないけれど、……圧倒的なお金を見せられると、そんな気持ちすら消し飛ぶ。

誰もが呆然と、彼の手で光る大金貨を見詰めて、動けない。

「大丈夫。麦の代わりの食料は、これで買えばいいよ。食料を運んでくる隊商も、遠からず来るからね」

呪われた村に来る隊商なんてない筈なのに、もうその言葉を疑う人は誰も居ない。

このエルフがそう言うのなら、きっと本当に隊商は来て、食料を売ってくれるのだろう。

彼がした事は、単にお金を見せただけ。

だけど皆がもう悟ってる。

自分達の全てよりも価値のあるその大金貨を、サラリと取り出して惜しげもなく振る舞うそのエルフが、違う世界の存在なのだと。

あぁ、自分達が想像し、恐れた呪いを振り撒く偉大な何者かよりも、このエルフはずっと大きな存在なのだと。

つまりは、そう、彼は間違いなく神様だった。

それから、他所（よそ）から来た隊商の運んだ食料を食べた村人達は、多くが症状を回復させる。

一部、既に手遅れだった人もいたけれど、それでも村は当たり前のように救われたのだ。

ただ私は、もう村にはいたくなくて、隊商の人達に頼んで、見習いとして雇って貰った。

村の人々は救われて冷静になったけれど、あの時の怖い皆を、私はどうしても忘れられそうになかったから。

本当なら、何もできない十二歳の小娘なんて、人里から人里を移動する隊商には足手纏いにしかならない。

けれどもそれでも、隊商はそのエルフに言われたから、私を見習いとして雇ってくれる事になった。

その時、私を雇ってくれた隊商は、エルフのキャラバンと呼ばれてる。

後に、キャラバンに所属してるエルフ、私の上司に、村を助けてくれた彼の話をすると、

「あぁ、その方は……、そうだね。間違いなく、人間の信じる神様のような御方だよ。そんな風に思われる事を、あの御方は好まないらしいけれどね」

そんな風に言っていた。

だからやっぱり、あの人は神様だったのだろうと、私は思う。

空の上じゃなく、大地を歩いて、私達のところにやって来てくれる神様。

不思議な力を使えるのかは知らないけれど、使わなくても当たり前のように誰かを救ってる。

他のエルフとも少し違う、長い耳の神様。

花を育てた太陽は

「あーっ、もう！　あの妖怪黒亀婆ァ、本当にむかつくぅぅぅぅ!!」

森の中、私は堪えに堪えた感情をこれ以上は抑え切れずに、思いっきりの罵声を吐き出す。

一度、堰を切って溢れ出した感情は止まる所を知らず、私は支離滅裂ですらある怒りの言葉を吐き出し続けながら、かっぱらってきた桃酒をグイと呷る。

咽るような甘さと酒気。

だけどそれは決して不快でなく、沁み込むように私の身体の全てに広がって、荒れた心が少しだけ落ち着いた。

私は、大きく溜息を吐く。

お酒は楽しく飲むものだという、父様の教えを思い出して。

時に、酒精は心を癒す薬でもあるけれど、味を、香りを、それから来歴なんかも、愛でて楽しむものだと、私の父様は赤い顔をして言っていた。

その頃の私はお酒なんて飲めなかったから、母様から子供に何を教えてるんだと叱られてたけれども。

家族の事を思い出せば、心はもう随分と落ち着いて、私はもう一度、桃酒に口を付ける。

怒りの感情が赴くままに飲み干すには、勿体なすぎるお酒なのだ。

いやそれどころか、この桃酒はこの世界で最も高価な酒だろう。

何しろ、仙桃(せんとう)で造られているお酒なのだから。

もちろん本当はあの妖怪黒亀婆、もとい王亀玄女も、悪意があってその言葉を口にした訳じゃないとわかってる。

私を怒らせようとはしたのだけれど、それは修行の為である。

仙人を目指す道士が、その修行の最中に邪仙の道に堕ちぬよう、自分の中にある怒りや憎しみの感情や、心の未熟さを知って見詰め直す試練だと、予め教えられてたし。

ただそれでも、王亀玄女の言葉には本当に頭に血が上ってしまった。

何しろ彼女は、

「お前さんの最大の不幸は、あの男が養父である事だよ。幼い頃からあんな強い輝きの近くにいたら、どんな男を見たって物足りないさ。絶対に手が届かない太陽の輝きに、お前さんの眼(まなこ)は潰されたんだ」

なんて風に言ったのだ。

それは半ば以上、父様への賛辞の言葉だった。

だけど、そうであっても、私があの島で、父様を養父として育てられた事が、不幸だなんて言葉は許せない。

思い出すと、また腹が少しだけ立ってくる。

私は、父様と母様に育てられて、誰よりも幸せにして貰ったから。

父様の事をよく知らない癖に、……と言えないところも、また悔しい。

王亀玄女は、私の知らない、家族に向けない父様の顔を、きっと知っているのだろう。

この桃酒も、最初は父様が造ろうって言い出したらしい。

それまで、誰もが畏れ多くて加工しようだなんて思いもしなかった仙桃を、よりによってお酒にするだなんて、……そりゃあ父様くらいしか言う筈もない。

父様はお酒が好きだった。

母様は、父様に付き合って少し飲むくらいだったけれど、父様は間違いなく酒飲みの部類だったと思う。

この国に来てから、私がお酒を飲むようになったのは、楽しそうにお酒を飲んでる父様の姿を覚えてるから。


暫しの間、ゆるゆると桃酒を飲んでは、吐息と共に心の澱を吐き出して。

私は森の木々に背を預ける。

するとまるで、タイミングを見計らっていたかのように、バサバサと翼をはためかせながら、幼い頃からの私の友達が、実は何だか凄い鳥だったらしい、鷲のシュウが、すぐ傍に降りてきた。

酒精は、時に人の心を昂ぶらせもするけれど、素直にもする。

……私が、王亀玄女の言葉に怒りを覚えたのは、心のどこかで、その通りかもしれないなんて、思ってしまったからなのだろう。

そう、それは認めるしかなかった。

まずは自分の悪いところ、弱いところを見詰めなきゃ、私は先に進まない。

父様が凄いのなんて、当たり前。

もちろん母様も凄かった。

むしろ母様の方が、エルフのキャラバンの重鎮という事で、稼ぎも立場も、甲斐性という点では圧倒的だったし。

養父じゃない、実父も実は凄い皇帝だったらしいのだけれど、私が見たあの人は、本当にそうなのかもよくわからない、老いた、とても優しい人だった。

私は沢山の愛を貰って、ここにいる。

だからあの島で暮らしてた頃だけじゃなくて、今でも私は幸せだ。

貰った愛は、消えたりしないし、色褪せもしない。

そして父様とは、私は一つ約束をしていた。

もし私が、仙人にならずに邪道に堕ちて、邪仙となってしまったら、父様が私を斬るって、約束を。

その約束一つだけで、父様や母様が、どんな気持ちで私をここに送り出してくれたか、今となってはよくわかる。

私は、それに恥じないよう、父様に私を斬らせたりせずに済むように、正しく道を歩んで仙人になってみせよう。

次の王亀玄女の修行では、彼女にはっきり言ってやるのだ。

少しも不幸だなんて事はないって。

王亀玄女に心配されずとも、私は邪道に堕ちたりしない。

大切な約束がある限り。

後、好きな人だって、仙人になってからずっと経てば、ひょっこりできる事だって、絶対にないとは言い切れないと思う。

だって、母様が以前にこっそりと教えてくれたけれど、父様と出会った頃は、他に大好きで大切な人がいたって、言ってたし。

それに、実は父様もそうだったんだよって。

どうやって二人が、今の関係になったのかは、恥ずかしがって詳しくは教えてくれなかったけれども。

私は手を伸ばして、指の背でシュウを撫でる。

酒精が程よく身体に回って、心地好い。

日差しも暖かく、そよぐ風に宿る精霊は、優しかった。

あぁ、やっぱり私は、幸せだ。

目を閉じ、大きく息を吐く。

多分きっと、今の私の息は、とても酒臭い。

そのまま眠気に身を任せ……、

「全く、呆れた娘だ。本当に、親の顔が見たいよ。あぁ、父親も随分と大物だったから、そっくりじゃないか。……まぁ、いいさ。今はゆっくりお休み。悪かったね」

聞こえた気がする声に応じる事もなく、意識を手放す。

緩やかな眠りの前に

絶え間なく聞こえてくる波の音。

入港する船にくっ付いてきた、海鳥の鳴き声。

通りを行き交う人の足音。

カリカリと紙を走るペンの音。

昔々に暮らしてた故郷の森では、どれ一つとして聞こえてこなかった音ばかり。

吹く風の匂いすら、森とこの島では全く違う。

もちろん、精霊達から感じられる表情も。

エルフの時間感覚で言うならば、私の終わりの時は、もうそんなに遠くない。

もうじき、眠る時間が長くなり始めるとの予感がしていた。

これまでの経験で大きく重くなった私に、不滅ではない魂が耐えきれない時は、近いだろう。

眠る時間は段々と長くなっていって、最終的には目を覚ます事なく、呼吸を止める。

別に怖くはなかった。

エルフの死は、穏やかだ。

長い生の間に、それを受け入れる時間はたっぷりあったから。

肉体は大地に還り、魂は……、エイサー様が言う話によると、また別の何かに転生するらしい。

但しその時、魂は大きく重くなり過ぎた私の殆どを、溢してしまうのだろうけれど。

まぁそれは仕方のない話である。

自然の摂理で、寧ろそうしなければ、私の魂はどこにもいけない。

そして零れてしまう私の正体は、恐らく記憶だ。

でも記憶なら、私の中になかったとしても、エイサー様の記憶の中にはきっと私が残るだろう。

ならばアイレナという私は、それで十分幸せだった。


ふと、考える事がある。

もしあの時、ヴィストコートの門の前で、エイサー様に会ってなかったら、今頃はどうなっていただろうかと。

いいえ、そうでなくとも、あの日、王都のヨソギ流の道場で、エイサー様にエルフを救う事を願い出ていなければ……、どんな未来になっていたのかと。

この事に関しては、この数百年で何度も何度も、……何度も何度も何度も、何百、何千回と、数え切れないくらいに、考えてきた。

私との出会いが、私のお願いが、エイサー様の運命を大きく変えてしまったんじゃないかって。

エイサー様は持ち上げられる事を嫌い、最初の頃はエルフに対して距離を置こうとしてたから、私と会わなければ、エルフと関わろうとしないまま暮らしたかもしれない。

ヨソギ流の道場で、私があのお願いをしなければ、あの道場で暮らし続けて、違う形で幸せを作ったかもしれない。

……なんて風に、百年か二百年は、考えてた。

ただ、それはきっと単なる自惚れである。

もっとずっと長く傍でエイサー様を見て来たからわかるのだけれど、どうせこの人は、エルフを遠ざけていても、私がお願いをしなくても、勝手に気付いて、何らかの理由を付けて、皆を助けに来ただろう。

エイサー様は、どうしようもなく、そういう人だ。

でなければ、わざわざ南の大陸の復興を助けに行きはしない。

殆ど自分に縁がなく、何らかの得もなく、単に南の大陸の状況を知っただけで、エイサー様はそれを手助けに行こうとした。

私や、エルフのキャラバンを巻き込んで大々的にやったけれど、もしも断っていれば、エイサー様は一人でそれをしに南の大陸に行った筈だ。

明確な理由なんてなくても、そうしたいとか、楽しそうだからとか、何となくとか、そう言って笑いながら。

決して悪く言う訳ではないけれど、エイサー様は、そういう人だった。

だからこそ、そんなエイサー様が、私の傍に何百年と居続けてくれるのは、凄い事だと思ってる。

向けられる気持ちに、疑う余地はどこにもない。

エイサー様がハイエルフである事すら関係なく、私とこの人が一緒に時間を過ごしてくれたのは、本当に幸せだ。

私の生きた時間は長いから、色々とあった。

エルフなのに、狂おしい感情に身を焦がしたし、寂しさに死にたくなった日もあった。

どうして自分はエルフに生まれてしまったのかとすら思いもしたけれど……。

今となっては、いい思い出として、振り返る事ができる。

私はエルフであり、エルフ以外になれず、エルフでいい。

エイサー様と暮らし始めてからは日々がずっと穏やかで、故郷の森にいた頃よりも、安らげた。

その間には、短い時間だったけれど、子育てだって経験できたのだ。

何時、眠りの時間が長くなり始めたとしても、私は満足しながら、その眠りに身を委ねるだろう。

私はエルフだから、ハイエルフであるエイサー様を置いて逝く。

もちろん心配する気持ちはあるけれど、……でも、大丈夫だとも思ってる。

エイサー様は、悲しんでくれるだろうし、寂しがってもくれるが、それで足が止まる人じゃない。

思うように残りの時間を過ごして精霊に、……いいえ、精霊になっても、思うままに振る舞う筈だから。

誰より長く傍で過ごした私が、誰よりもそれを知っていて、誰よりもエイサー様を信じてる。

この事に関してだけは、世界の誰にも決して負けないくらいに。

だから心配は、少しだけしか、していない。

全く心配しなくても、エイサー様が拗(す)ねてしまうかもしれないから、ほんの少しだけ。

報告

コルデスより十二の同胞へ。

観察対象、エイサーを称するハイエルフの解脱（げだつ）を確認。

既に世界より消失済みの観察対象、サピンドゥスを称したハイエルフと併せて、私が行う観察には一つの区切りがついたと判断した。

北の大陸と南の大陸に一人ずつ、同じ日に生まれたこの二人のハイエルフは、恐らく近い記憶を持っていたと推測される。

更にこの二人のハイエルフは、同じ日に聖域である森を出て、人間の世界に関わった。

けれどもその結末は大きく異なり、エイサーは北の大陸に緩やかな変化を与え続け、サピンドゥスは南の大陸に終焉を齎す切っ掛けを生み出す。

前者は解脱し、精霊となり、後者は消失し、世界を去った。

対照的な二人のハイエルフだが、より大きな変化を世界に齎したのは、前者のエイサーであると私は判断する。

もちろん南の大陸の終焉に関わった後者、サピンドゥスも、これまでの観察対象のハイエルフに比べると、齎した変化は著しく大きい。

しかしエイサーはその終焉が北の大陸に波及する事を防いだ為、その件に関しては同様の影響を世界に与えたと考えた。

よってここではその後も世界に変化を与え続けたエイサーに関する報告を主としよう。

サピンドゥスに関しては、終焉における特異ケースでより詳細に別途報告。


エイサー、北の大陸のハイエルフ。

サピンドゥスの行動に対する理解から、彼も高度な文明を誇る世界に生きた記憶を受け継いでいると思われるが、こちらの世界への親和性が高かった為か、その知識を活かした行動はあまりみられない。

森を出たエイサーが、人の町で最初に取った大きな行動は、鍛冶屋のドワーフへの弟子入りだ。

或いは、そこでこの世界の技術に対する敬意を得たからこそ、サピンドゥスのように彼が以前に属した文明に類する物を執拗に生み出そうとはしなかった可能性も低くはないだろう。

その十年後には人間から剣技を学び、更に魔術を学び、習得している。

ハイエルフとして、既に十分な力を持っているエイサーが、どうしてそれらの戦う術を得ようとしたのか、その動機は不明だ。

だが後に彼は剣で精霊を斬るという不可思議な現象を引き起こしている為、或いは最初からそれを目指していたとも考えられる。

精霊を斬った、人間が編み出したヨツギ流という剣技に関しては、神の子らが我らに届く可能性、及び実験提案で別途報告。

エイサーは主に人間、エルフ、ドワーフと関わりながら、北の大陸を旅し、少しずつ知己を増やしていった。

分断されていた種族の間を取り持って交易をさせ、人間とエルフの雑種、ハーフエルフを養子として引き取り、その行動に一貫性はあまりないが、生産性が増す傾向を好むように思われる。

その結果、エルフが組織した交易の為の商会を通じてだが、エイサーの影響力も大きくなった。

一つ雑種に関して、我らは交配能力の弱さから、実験の価値は薄いと判断してきたが、面白い例が発見されている。

エイサーが育てたハーフエルフと人間が交配して生まれた子供に、仙人の素養が存在した。

交雑により素養が発現する可能性が高まったのか、それともハイエルフが二代に亘って育成に関与した結果なのかは不明だが、雑種に対する実験価値を見直す必要はあるだろう。

報告をエイサーに戻すが、彼は旅の最中に真なる竜と出会い、不死なる鳥を見付け出し、我ら、巨人の前にも辿り着いた。

終焉と無関係に全ての古の種族と出会ったハイエルフの出現は、世界が今の形になってからは随分と久しぶりの事だと、コルデスは記憶している。

これにより、エイサーはハイエルフと精霊への理解を深め、本来の真なる人に近い力を持った筈だ。

しかし彼が、その後に強い力を振るった事は、殆どない。

恐らく、エイサーというハイエルフの性質は、物を壊すよりも作る方に向くのだろう。

彼が鍛冶、剣技、魔術以外に人から学んだ技術が、彫刻である事がそれの裏付けだ。

但し物や命が壊れぬ戦い、喧嘩のような物は好む傾向がある。

評するとと、エイサーの在り方は穏やかで、我らが望むそれに近い。

小さなつながりを重視する彼と、全体を見る我らの在り方は、決して相容れないものではあるが。

エイサーがハイエルフとして過ごした時間は、私、コルデスにとって多くの気付きと刺激を得られる物語であった。

今の観察者が、私であった事を幸運に思う程に。

北の大陸には、次の観察対象となるハイエルフが生まれている。

けれどコルデスはこの対象の観察を、キュネイに引き継ぐ事を提案。

コルデスの任期にはまだ残りがあるが、一旦休眠に入り、精霊となったエイサーが再び動き出した時、目覚めてその観察を行う。

これまで精霊が観察対象となった事例は存在しないが、かつてなく世界に影響を与えたあのエイサーは、他のハイエルフが解脱した精霊と同じように、大人しく世界の流れの一部になるとは思わない。

論理的ではないけれど、あれには観察が必要だと判断をしている。

彼の物語には、恐らくまだ続きが存在するのだ。

後日譚　あるかもしれない未来

物。

　仲間の背を踏み台に跳び上がり、爪牙(そうが)を剝き出しに降ってくるのは、ヒューヒと呼ばれる猿の魔物。

　体長は人間の成人男性よりも一回り小さい程度だが、膂力(りょりょく)は比較にならない程に強く、群れを成す厄介な魔物だ。

　だがヒューヒの最たる特徴は、魔物の中でも人に近い程に頭が良い事だろう。

　例えばヒューヒの群れが冒険者を殺した場合、その武器を奪って自分達で使用する場合がある。

　ヒューヒは自分達の爪牙よりも、冒険者の持つ武器の方が強力であると、理解する頭を持っていた。

　そしてヒューヒ達はその賢さが故に、自分達が決して魔物の中では強者でないと知っており、うっかり縄張りに踏み込みでもしなければ自分から襲ってくる事はあまりない。

　縄張りを侵した相手には容赦をしないが、自らが縄張りの外に出たりはしない、賢くも臆病な魔物なのだ。

　けれども、今、ヒューヒ達は自らが暮らす森を出て、人里に向かって侵攻してる。

　私は大きく一歩退きながら、剣を振り上げるようにヒューヒを断つ。

　ヒューヒの勢いは凄まじく、下がりながら斬らねば、その爪が私を引き裂いただろうから。

剣の切れ味と、ヒューヒの勢いだけで、その身体は両断された。

死の間際でも、私から逸れなかったヒューヒの目に宿っていたのは強い焦り……、或いは恐怖。

このヒューヒの群れは、飢えから森を出て人里を襲おうとしてる訳じゃない。

彼らは何かから逃げてるだけで、しかし不幸な事にその逃走の先には人里があるのだ。

刃を返して、今度は振り下ろす。

先程、背を仲間に踏み台にされたヒューヒが既に迫って来ていて、振り下ろした剣はその頭蓋をザクリと切り裂く。

幾ら生命力の強い魔物でも、脳を切られればもう動けない。

ただヒューヒを一撃で仕留められているのは、私の腕というよりも剣の力に依るところが大きかった。

薄(うっす)らとした光を放つこの剣は、魔術の力で切れ味と強度が高まっている。

魔力を流す事で魔術の力を纏う剣は魔剣と呼ばれ、この剣はその魔剣の一振りなのだ。

尤も私は魔力の扱い方なんて知らないから、剣に魔力を流しているのは当然ながら私ではないのだけれども。

でも今はそんな事をのんびりと考えてる暇はないから、剣を振って、斬って斬って斬りまくる。

決して前には踏み込まず、常に後ろに下がりながら、一体ずつ、ひたすらに魔物を屠(ほふ)っていく。

魔物との戦いにおいて、相手が多数の場合は特に、至近距離に近付く事は非常に危険だ。

何故なら魔物の膂力は人間とは比較にならず、爪牙に切り裂かれずとも、ぶつかるだけでも致命傷になりかねない。

私はハーフエルフで、普通の人間よりも少しばかり華奢だから尚更に。

だから彼我(ひが)の距離を詰める事はせず、相手の動きの全てを視界に捉えられる位置を保つ。

相手の数は圧倒的だけれど、この魔剣なら一撃で相手の急所を切り裂けるから。

ただ、うん、わかってる。

私は今、迫りくるヒューヒの群れをどうにか相手をしきれているけれど、本当の問題は彼らじゃないのだ。

森から、大きな咆哮(ほうこう)が聞こえた。

その途端、生き残りのヒューヒ達が四方八方に散るようにバラバラに逃げ出す。

これまで私がたった一人でヒューヒ達を相手取れたのは、彼らが固まり、群れの維持に固執していて、群れの一部を足止めすればそれを置いて突破される事がなかったからだ。

にも拘らず、一度の咆哮を聞いただけで、ヒューヒ達は群れすら忘れ、恐怖に呑まれてパニックになる。

これはどうしようもなく、拙(まず)いかもしれない。

今回、私が冒険者として受けた依頼は、氾濫の兆候があるかもしれない森の調査。

溢れた魔物の始末は、依頼の内容外だった。

実際、冒険者組合に依頼の届け出があった時点では、森の状態は氾濫の兆候があるかもしれないというのが正確だったのだろう。

但し、報酬額が少ない訳ではなかったが、危険は多いこの依頼を、他の冒険者は厭うて受けようとしなかったから。

私がこの依頼を受けた時には、既に状況は極めて悪かった。

調査を始めて間もなく森を溢れ出た魔物を前に、私に選べた道は調査依頼を出した村を見捨てるか、魔物を倒すかの二つに一つ。

村を見捨てたところで、私を責める人は居ないだろう。

正しくは、責める人なんて、魔物に殺されて全て居なくなる。

だけど私は嫌だ。

人が魔物に殺される事は、今の世の中では珍しくもない。

別の地域では国が魔物に滅ぼされたという噂も耳にする。

でも私は、私の選択で、私が仕方ないと諦めた結果、大勢の人が死ぬという事は、どうしたって嫌だから。

せめて私が、もう少し上手く精霊を使えたら、村人が逃げる時間稼ぎだってできたのかもしれないけれども。

残念ながら私に力を貸してくれる精霊は、一人しかいない。

ズン、と地揺れを感じた気がした。

べきべきと木々を圧し折りながら、森の中から姿を見せたのは一頭の熊。

もちろん単なる熊じゃない。

二足で立ち上がればその体長は森の木々よりも高く、目を血走らせて口から涎を垂らす頭は二つ。

更に足の数は八本だ。

……頭が二つあるのに、一頭と数えるべきなのかは、ちょっとわからない。

それはまるで、二頭の熊を一つにしたかのような巨大な魔物。

間違いなく、ヒューヒはこの熊の魔物を恐れて、森を捨てて逃げ出そうとしたのだろう。

そしてそれを追って、或いは私とヒューヒが戦って流れた血の匂いに惹かれて、熊の化け物は姿を現した。

ニヒと呼ばれるその熊は、双頭の暴君とも称されるくらいに強力で、狂暴な魔物だ。

町の一つや二つくらいなら、単体で容易に壊滅させてしまう。

討ち取るには、それこそ軍か、或いは最高位の冒険者が幾人か必要になる。

本来なら、私なんかが到底かなう相手じゃない。

……そう、私が一人でこの場にいるのなら、選べる道はニヒに食べられて死ぬか、自害してせめて苦痛を少なく死ぬかくらいだったけれども。

さっきも言ったけれど、私にはたった一人だけ、助けてくれる精霊がいる。

◇◇◇

「エイサー、お願い」

私は、手にした剣に呼び掛ける。

別にニヒへの恐怖から、正気を失った訳じゃない。

その精霊は、この剣に宿っているのだ。

するりと剣から、半透明の人型が私の目にも見えるように姿を現す。

『ほら、だから受ける依頼は気を付けて選びなさいって、何時も言ってるじゃないか』

姿を見せた精霊は、ニヒの存在など気にした風もなく、早速小言を口にした。

あぁ、うん、もう、わかってる。

こうなる可能性はわかってて、その上で心のどこかで、いざとなれば助けて貰える事も期待して
て、私はこの依頼を受けたのだ。

「わかってるけど、仕方ないじゃない。私が逃げたら沢山の人が死ぬのよ」

それは冒険者としては致命的な甘え。

ただそれでも、私は魔物に襲われて殺される人を見過ごしたくなくて、……まぁ、それも甘さだ
と言われてしまえばそれまでなのだけれど。

『まぁ、シャニー、君の甘さは嫌いじゃないよ。優しいって、本当はとても良い事だから。こんな
魔物が人里近くに現れる今の状況だと、少し心配にはなるけれど……。まぁ、僕がいるしね』

だけど私から言わせれば、その精霊の声こそが、甘く優しい。

……その精霊の名は、エイサー。

彼が本当に精霊なのかは、私は知らない。

そもそも本来、精霊には名前なんてない筈だし、自然に宿る精霊が、どうして人工物である剣に宿ってるのかも謎だ。

でも一つだけわかっているのは、エイサーが私の味方であるという事だけ。

『じゃあ、少し代わろうか』

私はその声に、身を委ねる。

双頭の暴君とも称される凶悪な魔物を前にしても、今の私に恐怖は欠片もなかった。


力を抜いた身体にふわりと風が纏わりつき、関節は薄く土に覆われる。

スッと、身体が動いて剣を構えた。

風と土が、私の身体を動かしたのだ。

だけどその動きに、ぎこちなさは少しもない。

操り人形のように、というよりは、まるでエイサーが私になったかのように、彼は私の身体を動かす。

これも本当は、おかしな話だった。

風の精霊が風を操る。

地の精霊が土を動かす。

それだけならば何の不思議もないのだけれど、どうして風と土が連携して動くのか。

二種類の力を同時に操る精霊なんて、聞いた事もないのに。

以前、不思議に思って問うたら、

『僕は精霊としてはとても弱いからね。他の精霊が色々と助けてくれるんだよ』

なんて風に言って笑ってたけれど、本当に意味がわからない。

こちらの戦意を察したのか、ニヒの双頭がそれぞれに大きな咆哮を放つ。

体格差は圧倒的だけれど、ニヒは私を、というよりも私を動かすエイサーを、明確に敵と認めたのだろう。

駆け寄り、丸太のような腕を振り回すニヒに対して、私の身体は軽く膝を曲げてから、ふわりと宙を跳ぶ。

精霊の力なら、こんな風に予備動作なんて必要なく身体を運べる筈だ。

だけどエイサーはそれをしなかった。

何故ならそれは、私にはできない事だから。

精霊の力を使った攻撃も行わない。

彼は私の身体能力で再現できる動きのみを見せてくれる。

例外は、剣が備えた魔術を発動させる事のみ。

これに関しては、魔力を扱えない私にはできない行為だけれど、普段からエイサーは剣の魔術を発動させてくれているから。

要するにこれは、彼から私に対する教えなのだ。

サクリと、ニヒの腕の一本が斬られて飛ぶ。

エイサーが放った斬撃は、あまり速くも強くもなかったけれど、とても正確で丁寧だった。

速さも力も、相手のそれを利用しているから、然程に必要はないのだろう。

それは本当に、とんでもない話なのだけれども。

『戦う時に大切なのは間合い。これは相手が大型の魔物でも変わらない。自分の振るう剣が最も力を発揮する間合い。相手が得意とする間合い、苦手とする間合い、そもそも攻撃の届かない距離。まずはこれを把握しようか』

私の身体が地を蹴って、するすると地上を滑るように、ニヒの後ろに回り込む。

二つの頭を持ったニヒの視界は広いのに、エイサーは相手の体軀の大きさを利用して死角に潜り込んでいる。

つまりこの至近距離が、エイサーの言うところの、ニヒが苦手とする間合いなのだろう。

でもこれは、本当に危険な行為だ。

私は今、ニヒの死角に居るけれど、同時に相手の動きの全てを視界に捉えてる訳じゃない。

ニヒが予想の出来ない動きを取って巻き込まれれば、私の身体は小石のように弾き飛ばされて砕けてしまう。

先程も述べたが、魔物の膂力は人間とは比較にならない程に強く、大型の魔物なら尚更だった。

なのにエイサーは、暴れるニヒの動きが全てわかっているかのように、振り回される腕も足も、それらが地にぶつかって飛び散る破片すら、掠らせもせずに避けている。

そして振るう剣は、確実に相手を刻み、少しずつ動きと命を削っていく。

もうニヒの後ろ足は右も左も役には立たないだろう。

『避けるコツは感じる事だよ。相手がどこを見ていて、どこに意識を向けていて、何を思って、何をしたくて、どう動くのか。それから周囲には何があるのか。全て見るんじゃなくて、感じるんだ。僕らにはそれができるからね』

全く意味がわからない事を言うエイサーに、私は内心で溜息を吐く。

僕らと言われても、私は精霊じゃない。

ただこうしてエイサーが身体を動かしてくれていると、確かに普段よりも感じられる事は多かった。

私の姿が見えないからか、ニヒが怒りで雑に腕を振り回す。

その動きが、何となくだが、ほんの少し前にだけれども感じて予測できる。

尤もそれは、エイサーが先に私の身体を動かすから、半分くらいはそれで察知してるんだけれども。

まぁ僅かばかりは、何かが掴めたような気がしなくもない。

速さよりも、丁寧に正確に動く事が肝要で、同時に周囲と相手を感じ取る。

つまり見えぬ正解を選び続ける。

それができれば苦労はしないって話だけれど、実際に私の身体を、私にも可能な範囲で動かして、見せ付けられれば文句も言えなかった。

ニヒは既に強敵ではなく、剣技と戦い方を学ぶ教材になっていて、やがては地に倒れ伏す。

そして私は、自分の身体の動きを取り戻し、安堵と共にその場に座り込んでしまう。

大きな町も単体で滅ぼしてしまうような強力な魔物が相手でも危なげなく屠るエイサーだけれど、必ず力を貸してくれるという訳ではない。

いや、むしろ私の実力ではどうしようもない事態にならなければ、滅多に私の身体を動かそうとはしなかった。

だけどそれでも、この私、シャニー・ピュールが携えるこの精霊を宿した魔剣は、恐らくこの世界で最も強い剣である。

私は自分の実力以上の、それもとんでもない大物の魔物を仕留めてしまった言い訳を考えながら、大きく息を吐く。

身の丈に合わない評価は、私の首を絞めかねないから。

後始末は、多分とても大変だけれど、それでも今は一つの村が救われた事が、私はとても嬉しかった。

天に昇った月が、闇に包まれた町を優しく見守る夜。
人々が静けさの中に眠る安息の時間。
だが突如、その静けさを、安息を打ち壊すかのように、カンカンカンと甲高い鐘の音が連続して鳴った。

そう、それは眠る人々への警告の、魔物の襲来を告げる鐘の音だ。

城壁で焚かれた篝火(かがりび)に照らされて、その巨大な魔物はまるで闇の中から滲(にじ)み出たかのように姿を現す。

魔物の数は僅か一体。

しかし町に告げられる警告は、最大級の危険が迫る報せ。

その魔物の名は、ヒュドラ。

篝火の光を反射して輝くは、十八の瞳。

一本一本が大木のように太い蛇の頭を九つも生やした、大型魔物である。

先日のニヒもそうだけれど、大型魔物はもう大きいというだけで途轍(とてつ)もない脅威だ。

身体に比例して力も強いし、皮膚や毛皮、鱗も分厚く攻撃が通らない。

周囲に与える影響も、当然のように大きくなる。

他の魔物なら容易に防げる城壁も、それを乗り越えられる大型魔物には意味を持たなくなってしまう。

更にヒュドラは、その大きさ以外にも、強い酸性の毒を吐いたり、通常の生き物ではありえない程の再生力を持つ。

先日のニヒは単体で町の一つや二つを壊滅させる脅威だったが、ヒュドラはそれ以上の、小国ならば単体で滅亡させられる脅威である。

けれどもヒュドラを迎え撃とうと城壁に上がった人々の目に、恐れはあっても絶望はない。

何故なら今、ここにあるボーゲンの町は、そうした脅威と戦う為の要塞都市だから。

高い防壁も外側の一枚だけじゃなくて、それが破壊されても内側に敵を引き込み囲む、入り組んだ四重の防壁が町を守る。

士気の高い人々が手にするクロスボウの、城壁に備え付けられたバリスタの、鋭き矢の先端が、ヒュドラに狙いを定めた。


この東中央部と呼ばれる地域の状況がここまで悪くなったのは、およそ五十年前。

ラドロイザという国が滅亡した事に端を発する。

実はこの時までは、東中央部も人同士で争う余裕があったらしい。

今からすると、とても信じられないような話だけれども。

ただラドロイザを滅ぼしたのは、人ではなく魔物だ。

争いが、人の血が、魔物を呼ぶというのは良く知られた話だけれど、当時の人々は愚かにも魔物の脅威を無視して争いを続け、ラドロイザは荒廃した国土に増えた魔物に呑まれて滅ぶ。

そしてその滅びの波はラドロイザだけに留まらず、争っていた周辺国にも及び、出現した大型魔物が幾つかの国を滅ぼしたという。

以来、東中央部の魔物は大きく増加し、ラドロイザとその周辺国があった場所は危険地帯や魔境と呼ばれていた。

人はその周囲をボーゲンのような要塞都市で囲み、やってくる大型魔物を食い止めながら、彼の地を人の手に取り戻さんと懸命になってる。

とてもじゃないが、昔の人々のように人同士で争う余裕なんてありはしない。

そう、今は人と魔物が争う時代なのだ。

「エイサーが皆に剣を教えたら、人と魔物が争うこの時代も終わらせられるんじゃない？」

私はふと、そんな言葉を口にする。

ハーフエルフは人間よりずっと長く生きるけれど、それでも若輩の私はまだ三十年と少ししか生きてないから、この状況になる前の東中央部を知らない。

だけど今のこの時代が悲劇に溢れてて酷い事くらいはわかるから。

『うーん……、確かに僕はあのヒュドラくらいは斬れるけれど、皆に教えるのは難しいな。そこそこの才能が有れば三百年……、とは言わないけれど、せめて百年以上は剣に専心すれば或いは勝てる剣士も生まれるかも？　ってところかなぁ』

するりと剣から、半透明の姿を現したエイサーは、腕を組みながら首を捻った。

……百年。

あぁ、それは確かに難しい。

ハーフエルフである私はともかく、東中央部で最も数の多い種族、人間はとてもじゃないが、そんなに長くは生きられないし。

『まぁ、優れた才能があればもっと早く身に付くだろうから、全くの無駄とは言わないけれど、今は多くの人間が剣を振るよりも、あの類の物を多く造った方が効率はいいかな』

そう言って、エイサーが指差す先では、クロスボウとバリスタが、一斉に矢をヒュドラに向かって吐き出している。

ヒュドラ程の大型魔物になると、クロスボウの矢、ボルトなんかで傷付く筈もないけれど、雨のように撃ち込まれる大量のボルトは、ヒュドラの嫌気を誘ったのだろう。

その前進の速度が鈍った瞬間、鱗を貫いてずぶりとその首に突き刺さったのは、バリスタから放たれた極太の矢だ。

しかもそれで終わりじゃない。

突き刺さったその極太の矢は、猛烈な勢いで炎に包まれて弾け飛び、ヒュドラの首の一本が半ばから千切れてぶら下がる。

バリスタから放たれたのは単なる矢じゃなく、対大型魔物用に生み出された魔道具、火尖鎗(かせんそう)だったのだ。

何でも、大型魔物はどれも強い魔力を身に秘めていて、その力を利用して発動する魔道具らしい。

確かにあの威力なら、何本も撃ち込めばヒュドラであっても殺せるだろう。

一本一本がとても高価で、造るのにもとても手間が掛かるという話だけれど、……それでもエイサーの言う百年に比べれば、圧倒的に現実的で効率の良い大型魔物への対抗手段だった。

『あれが人の、……主に人間の強さだね。多くの手で積み重ねた知識と技術と、それから物量の力だ』

そのエイサーの声には強い賞賛と一緒に、何かを懐かしんでるような、そんな響きがある。

強力な兵器、魔道具に懐かしさを覚える精霊って何なのだろう。

エイサーの事は、相変わらずよくわからない。

当人が武器に、それも魔道具でもある魔剣に宿っているから、そういった物に対して何か思い入れがあるのか。

その辺りは全くわからないけれど、言ってる内容に関しては、それなりに納得ができた。

人間の強みは数であり、生産力である。

複数の火尖鎗を撃ち込まれたヒュドラは、再生能力を上回る速度で傷付き、既にボロボロだ。

このまま油断せずに、惜しまずに火尖鎗を撃ち込み続ければ、遠からず倒せるだろう。

危険地帯や魔境と呼ばれる場所からは、尽きる事なく魔物が湧き出てやってくる。

それでも大型魔物が出現するには、それなりの時間が掛かる筈。

こうして要塞都市と防衛兵器で大型魔物を減らせれば、いずれは魔境の中にも踏み入って、砦を造る事ができるかもしれない。

砦を造れば防衛兵器を備え付け、そこでも大型魔物に対抗できる。

それを繰り返せば、魔境を魔物から解放し、人の手に取り戻す事だって、決して不可能な夢物語ではないと思えた。

『まぁ、見たところ欠点も多いし、あれだけで全てが解決する訳じゃないけどね』

エイサーの言葉に、私は頷く。

火尖鎗は強力だけれど、使える場所は限られているし、数にだって限りがある。

私にわかる欠点はそれくらいだけれど、エイサーには他にも何か見えるんだろうか。

要塞都市は大きくて目立つから、魔境から出てくる魔物は多くがここに引き付けられるけれど、全ての魔物をカバーできてる訳じゃない。

中には要塞都市を無視して人間の生活圏に浸透する魔物も少なからずいる。

また前回のニヒのように、稀にだが魔境の外でも大量の魔物や、大型魔物が出現する事もあるのだ。

そうした魔物に対処するには、やはり兵士や冒険者が直接戦う必要があった。

防壁と強い兵器だけじゃなくて、戦える力を持った人が。

今日は私の出番はなさそうだけれど、魔物との戦いはまだまだ続く。

きっとエイサーに頼らなければならない場面も、少なくない。

でも何時か、今の苦難の時代が終わるなら、私はそれをこの目で見たかった。

ハーフエルフの長い寿命なら、きっとそれも叶うだろう。

ガラガラと音を立てて進む馬車と並び、街道を歩く。
町から町へと荷を運ぶ隊商の護衛は、冒険者の重要な仕事の一つだ。

多くの隊商は信頼のおける、専任の護衛、私兵を抱えていたりもするのだけれど、それだけで十分な数を揃えるとかなりの金が掛かってしまう。

故にごく一部の、裕福な大きな商会以外は、私兵と併用して一時雇いの冒険者を護衛に加える。

私兵への報酬は町に滞在して商売をする間も常に必要となるけれど、一時雇いの冒険者への報酬は、町から町へと移動する間の分だけで済む。

尤も、だからといって私兵なしで冒険者のみを雇って護衛とするのも、それはそれで危険が大きい。

護衛の心算で雇った冒険者が、欲に目が眩(くら)んで隊商を襲う賊と化すなんて事も、皆無ではないそうだから。

もちろんそんな真似をする冒険者はごく一部で、大した実力もない連中だった。

真っ当に魔物と戦える実力者なら、今の世の中、お金を稼ぐ方法なんて幾らでもあるのだから、わざわざ人の敵に回る危険を冒す必要はない。

秩序を脅かす真似をして人の敵となったなら、それこそ魔物と同じ扱いで狩り殺されるのがオチであると、実力者はよく知っている。

中にはそんな実力者と戦いたいからって、敢えて大きな罪を犯して追手を掛けられる道を選ぶ危険人物もいるらしいけれど、流石にそれは例外中の例外だろう。

大半の冒険者は隊商を襲う程に愚かじゃないし、追手と戦いたくて仕方のない危険人物でもないのだ。

戦うならば、魔物が相手の方が気楽、或いは気兼ねをせずに済む。

荒くれ者が多いとされる冒険者でも、それが一般的な感覚だろう。

村はともかく町に暮らす人々なら、そもそも自分で戦うという選択肢がないのかもしれないけれど。


見上げると、中天に差し掛かった太陽の光が、眩しく暖かい。

空は青く、吹く風に流れる雲はゆっくりで、なんだかとても穏やかだった。

そして半分ではあってもエルフの血が流れる私の目には、その穏やかな風景を生み出してる意志ある力、精霊の姿が見えている。

とはいえ、私の場合は見えるだけで、エルフのように精霊を扱えたりはしないのだが……。

そう、その事に、私は少しだけ劣等感を覚えてる。

残る半分の血、人間を基準に考えたら、精霊の力なんて扱えないのが当たり前だ。

だったらいっそ、精霊なんて見えもしない方が良かった。

それなら私は、単に人間に近いだけなのだと思えたのに。

子供の頃は、そんな風に考えていたけれど、でも今は違う。

何故なら、今は子供の頃と違って、私を見守ってくれる精霊？　……自称精霊が一人いるから。

腰に吊るした剣の鞘を、そっと撫でる。

『シャニー、どうかしたの？』

すると剣から姿を現したのは、自称精霊のエイサー。

もし私の目が精霊を見る事ができなかったら、もしかすると彼の姿も見えなかったかもしれないから。

今の私は、自分のこの目に感謝もしてる。

劣等感の全てが消えてなくなった訳じゃないけれど、それも含めて私なのだと思えるようにはなっていた。

「ううん、ごめん。呼ぶ心算じゃなかったの。単に、エイサーって何なのかなって考えてたら、つい、鞘を撫でちゃった」

私は小声で謝る。

エイサーの声は他の人達には聞こえないけれど、私の声はそうじゃない。

聞かれれば、他の護衛に不審に思われてしまうだろう。

『何って、だから精霊なんだけどね。いやぁ、でも今日は日差しが気持ちいい日だなぁ』

エイサーはそう言って、両腕を空に向けて伸ばし、ウンと伸びをした。

日差しが、気持ちいいんだ。

彼は自称精霊で、見える姿は半透明で、つまりは浴びる光も半分はすり抜けてるのに、それでも気持ちいいらしい。

本当に、何なのかなって思ってしまう。

「剣に宿る精霊なんて聞いた事がないし……、そもそも精霊なら、私の言葉なんて聞いてくれない筈だよ」

あぁ、今の物言いは、少し拗ねた風になってしまっただろうか。

エイサーと出会って、自分の目には感謝してるし、それも含めて私なのだと思えるようにはなっているけれど、うん、全ての劣等感が消えた訳じゃなくて、やっぱり少しだけ思うところはあるのだ。

もしも私がちゃんと精霊術を使えてたなら、エルフである父との関係も、また違った形になっていたかもしれないと、そんな風に。

『ふぅん？　まぁ、他の精霊は僕みたいにおしゃべりじゃないけれど、聞いてない訳じゃないんだよ。あぁ、そういえば君の父親は、キャラバンのエルフだねぇ……』

ふと何かに思い当たったように、そう言ったエイサー。

確かに父は、北の大陸で最も古く、また最も大きな商会であるエルフのキャラバンの、それなりの地位にあるエルフだけれど、何か関係があるのだろうか。

それにしても聞く度に思うのだけれど、最大規模の商会の名前がキャラバンって、実に皮肉めいている。

私が首を傾げると、エイサーはなんとも微妙な顔をした。

確かに私と父の関係は、あまりいい物ではないのだろう。

今でも時折、エルフのキャラバンの出張所に寄れば、父からの手紙が届いてる事はあるけれど、もう何年も顔を合わせていない。

最後に顔を見たのは、……あぁ、エイサーが宿るこの剣を、冒険者になろうという私に贈ってく

れた時だっけ。

『エルフは、本来は集落の皆で子供を育てる種族なんだ。だから物凄く簡単に言えば、森から出たエルフは、自分の子供の育て方とか、必要な事の教え方、接し方を知らない場合があるんだよ。そもそもエルフ同士でなければ子供もできにくいんだけどね』

どうやらエイサーは、表情から察するに、私の父に呆れてるらしい。

つまり彼は、私が精霊術を行使できないのは、父の教え方が悪かったといってるのだろうか。

いやそもそも……、父にそれを教わった事自体、なかったような気がする。

『エルフの子供はね、周りの皆がそうしてるから、精霊への接し方を自然に学ぶんだ。敬い、親しみを持ち、困った時には助けを乞う。その辺りの気持ちを持たずに、精霊の力を引き出そうとか、使役しようなんて考えだったら、当たり前だけど精霊は力を貸してくれないよ』

そんな風にエイサーに、さも当たり前のように言われて、……驚きに私は目を瞬かせてしまう。

だって精霊術は、精霊の力を使う術だって、そう思ってたから。

エイサーの指摘は、私の胸にぐさりと刺さる。

確かに私は、精霊を使おうとしていたのだ。

精霊の事なんて何も考えず、何もわからず、そして恥も知らずに、使役しようとそんな心算で言葉を発してた。

無視されて当然だ。

嫌われて当然だったのだ。

精霊が私を嫌ってたんじゃなくて、私が嫌われる事をしてしまったのだ。

思わず足が止まりそうになる。

胸が苦しくなって、蹲（うずくま）りたいのを、私は必死に堪えた。

これでも今は、一応は隊商の護衛中だから。

今の場所は比較的安全で、不穏な気配もないけれど、だからって不審な行動を取る訳にはいかない。

『まぁでも、別に気にする事じゃないよ。子供が知らずに犯した間違いを、責めたりなんてするもんか。それに君は、もうちゃんと精霊に対する接し方を知ってるからね』

エイサーはそう言って笑い、自分の胸に手を当てる。

この自称精霊は、自分と接するように他の精霊と接すればいいと、そう言ってくれてるのだ。

その言葉は本当に優しくて、……あぁ、精霊がそういう存在ならば、以前の私の言葉も、ちゃんと謝れば許してくれるのだろうか。

いや、たとえ許されなかったとしても、私はちゃんと謝るべきで、謝りたいとそう思う。

謝罪の言葉を口にする事が、相手にとって不快でなければだけれども。

『それから、一応フォローしとくけど、君の父親も別に悪気がある訳じゃないんだよ。彼は単にそれを自然と周囲から学んだから、教える必要がある事だってわかってなかっただけなのさ』

……それも何となくわかった気がする。

正直、思うところはあるけれど、私が精霊を勝手に勘違いしていたように、父も同じだったのだろう。

ハーフエルフである私の事を、エルフと同じように考えて、恐らくその不出来さに戸惑った。

人は誰しも、自分の知識や経験でしか他を測れない。

私が父をあまり理解できていないように、きっと父も私を理解し難いのだ。

『君の父親は、本当に君の事を想ってるよ。接し方がわからないなりにはね。だから彼は、君に僕を渡したんだ』

うん、それは間違いない筈だ。

エイサーが何なのか、正確な所はわからないけれど、本来ならば私が持ってていいような剣じゃない事くらいは、流石にわかる。

物言いから察するに、父の個人的な所有物でもなかった様子。

だから父は、私にエイサーを渡す為に、色々と無理もしたのだろう。

そこまでしてくれた理由は……、多分だけれど、我が子への愛情なんだと、そう思いたかった。

また近くのエルフのキャラバンの出張所に立ち寄れば、父からの手紙が届いているかもしれない。

内容は、東中央部は危険だから別の場所に行けとか、そんなのばかりだけれど、たまには返事でも書いてみようか。

何を書いていいかわからないから、近況報告になるけれど、……私が今、何をしてどんな風に過ごしているか、知って貰いたい気が、少ししたから。

剣に宿る精霊なんて聞いた事がない、か。

うん、まぁ確かに、僕の他には剣に宿った精霊なんて恐らくこの世界には存在してないと思う。

ただ僕も、最初から剣を選んで宿った訳じゃないんだよ。

最初はね、地の下で金属に宿って眠ってたんだ。

何時の日か誰かに掘り出されて、加工される日を待ちながら。

ゆるゆると、この世界に満ちる力の一部として地の底で眠る日々は中々に快適な……、そう、それこそ理想のスローライフってやつなのかもしれないね。

ただそれもあんまり長く続くと、千二百年くらいで飽きちゃってさ。

何時まで経っても誰も掘り出してくれないし、自分から地上に出る事にしたんだよ。

周りの岩と土をどかして、僕を運ぶ為の石像を作ってね。

でもいきなり、石像に運ばれて人間の町に行ったら、魔物の類と間違われて敵対しちゃうと思ったからさ、最初に目指したのはエルフの森だったんだ。

エルフなら精霊の姿が見えるから、驚きはしても脅かしてしまう事はないからね。

僕が金属として眠ってたのはある山だったんだけれど、そこからエルフのいる森は少しばかり遠くてさ、結構苦労したなぁ。

それから森で暫く待ってると、エルフのキャラバンがやって来て、彼らにドワーフの国に運んで貰ったんだよ。

やっぱり金属の加工なら、ドワーフが一番だし。

ただ僕が宿ってた金属が、ちょっと変質しちゃっててね。

ほら、力ある精霊の宿る泉の水が、清く澄んでて飲めば活力が湧く、みたいな話があるのと同じ。

僕は別に力のある精霊ではないというか、むしろ弱い方の筈なんだけれど、我はちょっと強いからかなぁ？

何にせよ、ドワーフ達はその見た事もない金属になってた僕を、エルフと相談して精霊鉱って名付けて、剣を打ってくれるって話になったんだよ。

だけど実際に誰が剣を打つかで凄く揉めてさ。

そりゃあ鍛冶師なら誰だって、未知の金属は自分で扱ってみたいからね。

結局、ドワーフの国をあげた大規模な品評会が行われて、僕が選んだ優勝者が、精霊鉱を剣に仕立てる事に決まったんだ。

ちなみにその優勝者が、そのままドワーフの国の王にもなったよ。

ドワーフは、国で最も優れた鍛冶師が王になるんだ。

本当に腕のいい……、僕が知ってる中だと三番目くらいに優秀な鍛冶師で、しかも技術の吸収に貪欲で、僕の細かな注文にもアドバイスにも、完璧に応えてくれたっけ。

そりゃあもう、楽しい時間だったさ。

腕のいい鍛冶師と語り合って、彼の全身全霊を以て、新しい僕の形ができていくんだから。

まぁ、通訳のエルフは大変そうだったけどね。

それから後は、暫くの間……、百年くらいは、エルフのキャラバンに手を貸してたんだ。

僕を製作する大仕事に、エルフのキャラバンは物凄い大金を支払ってくれてたらしいからさ。

彼らは構わないって言ったけれど、恩はちゃんと返さないと据わりが悪いし。

ただそれも、僕が気に入る使い手が見付かるまでって約束だったから、今はこうして君の腰にぶら下がってるんだよ。

最初は、シャニー、君の父親に娘を頼むってお願いされて興が乗ったからって理由だったけれど、今はちゃんと使い手と認めて、こうしてる。


東の国の仙人見習い……、いや、もう今は立派な一人前の仙人だけど、まぁ、その人が対価は何でも払うから譲って欲しいってキャラバンに交渉したりとかもあったんだけれどさ。

……大切に仕舞い込まれちゃいそうだったしね。

剣はやっぱり、使われてこそだと思うんだよ。

今の状況は、うん、結構満足かな。

……エイサーは、身振り手振りを交えてそう語ってくれた。

本当に、どう考えても話を盛り過ぎなのに、エイサーの言う事だから、もしかしたら八割くらいは本当なんじゃないかと、うっかりそう思ってしまう。

しかし流石に、ドワーフの王が直々に全力で鍛えた剣というのは、幾ら何でも言い過ぎの筈だ。

だってそれが本当なら、エイサーは大国の宝物庫に眠る国宝としての武具と同等か、それ以上の代物って話になるから。

その話を信じてしまうと、気軽に鞘から抜けなくなる。

ところで、なんでドワーフの王が三番目なの？

一番じゃなきゃ、どう考えてもおかしい。

でも多分、エイサーが本当に言いたかったのは、自分が凄い剣だって事じゃないのだろう。

彼は、そんな凄い剣を私に渡す為に、父がエルフのキャラバンに色々と働き掛けてくれたのだと、遠回しに教えてくれたのだ。

ハーフエルフである私との接し方に戸惑ってはいても、ちゃんと愛情はあるのだと。

まぁ、私が嬉しかったのはそこよりも、今はちゃんと使い手として認めてくれてるって辺りだったけれども。

正直な所、私の剣の実力は、エイサーを持つに相応しいとは言えないと思う。

だけどそれでも、彼が私を使い手として認めてくれているならば、……私は何時か、それに本当に相応しい実力を持たなきゃいけない。

エイサーが世界で一番強い剣ならば、私も世界で一番腕の立つ剣士に。

……少しばかり目標が大き過ぎる気もするけれど、持ってる剣が凄いのだから仕方がなかった。

剣を教えてくれる先生は、まぁこれもエイサーの事だけれど、とても優秀だから、時間と熱意を一杯に注げば、きっと何時かは叶う筈。

魔物が闊歩するこの危険な東中央部で、エイサーが、自称精霊が宿った剣を手に、この私、シャニー・ピュールの冒険は、まだまだずっと続くのだから。

朝、コツコツと宿の木窓が何かに叩かれている音がする。

私が欠伸をしながら起き上がり、木窓を開くと、パタパタッと翼をはためかせて、一羽の鳥が部屋の中に入ってきた。

それは赤、いや、鮮やかな緋色の体毛をした、とても美しい鳥。

鳥は部屋の中を迷うことなく、私がベッドに立てかけた剣に向かって真っすぐに飛んで、その柄に止まる。

まるでそこが、自分の場所だと言わんばかりに。

そして鳥は、ピヨピヨ、キュイキュイと、色んな声で鳴き出す。

剣に向かって、呼び掛けるように。

すると剣も、より正しくはその剣に宿る自称精霊、エイサーも、その声に対して応えてる気配がする。

どうやらこの鳥とエイサーは、何か会話をしているらしい。

エイサーの声が漏れ聞こえる訳ではないけれど、これでも私は剣の所有者で、エルフの血を引き、精霊の姿を見る事ができるから、それくらいは察せられた。

この鳥も、恐らくただの鳥ではないのだろう。

エイサーが、単なる剣ではないように。

……鳥が、ただの鳥でないって、自分で言ってても、意味が分からない言葉だけれども。

これまでにも、私は何度も、この鳥の姿を目にしてる。

別の町の、別の窓でも、この鳥はエイサーと会話をする為に、私が泊まる宿の窓を嘴で叩いた。

もしかして魔物だろうか？

魔物の多くは狂暴で人を襲うが、そうでない魔物もいなくはないのだ。

ただの鳥でないとなれば、やはり魔物であると考えるのが自然だろう。

けれども私の感覚は、その考えを否定する。

そんなに単純な話ではないと。

この鳥は、魔物なんかよりも、もっと大きな、得体の知れない何かだって。

……見た目は、本当にただの、美しい、小さな鳥なのに。

私は荷物入れから木皿を取り出し、保存食として購入していた固焼きのビスケットを、小さく割って崩す。

エイサーとの会話を終えた後、その鳥が食べられるようにと。

正体の詮索は、しない。

そりゃあもちろん気にはなるし、問えば教えてくれるだろうとも思う。

でもエイサーと、その柄に止まって囀る鳥の会話は、とても楽しそうだから。

邪魔しちゃいけないし、私が立ち入るべきじゃないと、そう感じるのだ。

世界には、不思議な事が沢山ある。

その中でも、私が一番不思議に思うのは、エイサーの存在そのものなのだけれど……、それだって、無理に全てを暴き立てて、知り尽くす必要なんてない。

精霊であるなら、私の想像も及ばない程に長く存在してるだろうし、エイサーの性格からして、とても沢山の人と関わってる筈だ。

私も、きっとその沢山の中の一つに過ぎないだろう。

だが、それで十分だ。

全てを知って、その中で一番になる必要はない。

今、私がエイサーを手にし、それを振ってる。

エイサーは私に力を貸してくれている。

それ以上に大切な事はないし、求めはしない。

今の私は、そういう風に考えてる。

以前は、色々とコンプレックスもあったから、知らない事に不安を覚えもしたけれど……。

その頃に比べれば、私も少しは落ち着いたと思う。

ビスケットを崩し終えると、エイサーの柄に止まってた鳥は、パタパタッと部屋の中を飛んで木皿の前に来て、首を傾げて私を見る。

そう、勝手に食べだしたりはしないのだ。

この賢い生き物は、私を尊重してくれていた。

「ええ、どうぞ」

私が鳥にそう言えば、鳥は木皿に首を突っ込んで、崩したビスケットを啄んでいく。

その所作は、何故だかどうして、とても上品に感じる。

でも、だからこそ私は、その上品に食べる姿からは、目を逸らす。

だって、食べてる姿を見つめられるのって、不快に感じるかもしれないから。

……本当にただの鳥なら、見られたって何とも思わなそうだけれど、この緋色の鳥は、それを恥ずかしがる気がしたのだ。

私もそろそろ、朝食を食べに行こうか。

顔を洗って、髪を整え、身なりを整えてから、私は手を伸ばし、エイサーが宿る剣を手に取り、腰に吊るす。

ふと気付けば、木皿は空になっていて、鳥の姿はどこにもなかった。

ただ、その代わりといってはなんだけれど、綺麗な緋色の羽が一枚、木皿の前に落ちている。

まるで、これが朝食代だと言わんばかりに。

私は、指先で羽柄を摘まんで、二度、三度、クルクルと回してから、それをポケットに納めた。

この世界では、今日も変わらず人と魔物が戦ってるけれど……。

今、この瞬間、私の朝は、穏やかだ。

たとえ昼には、魔物の返り血を浴びてたとしても、私は、こうした一瞬を、大切にしたい。

そうする事を、相棒である剣、それに宿るエイサーに、教えて貰ったから。

特別年表

EVENTS SO FAR

エイサーの年齢 / 出来事

0歳
この世界に生まれる。
楓の葉を握って生まれてきたから楓の子、エイサーと呼ばれるようになった。

30歳
ゆっくりと自分の意識を形成してきて、僕の中にある経験した事のない記憶が、前世の物であると気付く。
僕が僕になったのは、多分この時なのだろう。

50歳
大人の真似をして弓に触ろうとして叱られる。
その後、子供用の弓を作って与えられ、それからは殆ど毎日ってくらいに弓を引いて遊ぶようになった。

80歳
長老達から文字や言い伝え、深い森の外にも世界が広がっている事を教えられる。
そう、この世界にも人間がいるって、僕はその時に知ったのだ。

120歳
まだ一人前と認められない年齢のハイエルフの中で、弓比べの一番を取る。
特に褒められはしなかったし、周りも悔しがったりはしてなかったけれど、それでも僕は嬉しくて、自分と周囲の違いを強く認識した。

150歳
ハイエルフでも一人前の年齢になった事を切っ掛けに、深い森を出る。
外の世界、人間の国であるルードリア王国の、ヴィストコートという辺境の町で、ロドナー（人間、28歳）、アイレナ（エルフ、140歳）、マルテナ（人間、20歳）、クレイアス（人間、20歳）と出会う。
僕の、これまで生きて来た時間とは比べ物にならない、濃く生きる時間はこの日に始まったのだろう。
翌日、アズヴァルド（ドワーフ、80歳）に弟子入りして、鍛冶を習い始めた。

160歳
ヴィストコートを出て、ルードリア王国の王都、ウォーフィールに辿り着く。
ヨソギ流の剣士であるカエハ（人間、16歳）に弟子入りし、道場での生活を始める。
カエハの母、クロハ（人間、36歳）が作ってくれる食事は、少しだけ前世を思い出す。
半年後、クレイアスと再会し、カエハ、冒険者になる。

163歳
カエハが道場に戻り、アイレナからルードリア王国のエルフが置かれた状況を聞く。
道場を出て、奴隷となったエルフを解放する為に動き出す。
半年後、ルードリア王国東部にて地震を発生させた。

164歳
ヴィレストリカ共和国の港町、サウロテに辿り着く。
衛兵に紹介して貰ったグランド（人間、22歳）の酒場で給仕のカレーナ（人間、22歳）と出会い、漁師のドリーゼ（人間、22歳）と殴り合う。

165歳▼
漁師と貿易商の問題に巻き込まれたり、魚介類を食べながら一ヵ月程過ごした。
数ヵ月後、小国家群の一国、トラヴォイア公国のジャンペモンにて、宿の娘ノンナ(人間、10歳)と出会う。

170歳▼
小国家群の一国、魔術の国であるオディーヌへと辿り着く。
魔術師、カウシュマン(人間、25歳)に出会い、彼に鍛冶を教え、その代わりに魔術を教わる約束を交わす。
二人で魔剣という浪漫を実現させる為に。

172歳▼
ザインツの首都、スゥィージにてアイレナによりウィン(ハーフエルフ、6歳)と引き合わされ、彼を養子にする。
ウィンを育てる場所を求め、ジャンペモンへと引き返し、大きくなっていたノンナの助けを受けて、暫しの時をそこで過ごす。

173歳▼
ルードリア王国のウォーフィール、ヨソギ流の道場へと戻り、カエハとクロハに再会し、カエハの子であるシズキ(人間、7歳)、ミズハ(人間、7歳)と出会う。
子供達に囲まれて過ごす時は、穏やかで幸せだ。

180歳▼
ウィンとシズキを連れてヴィストコートに向かい、ロドナー、クレイアス、マルテナと再会する。
人間が育つのは早く、老いるのもまた早い。

182歳▼
クロハ死去(享年、56歳)。
元より身体が弱かったせいだろうか、あまりに早い死別。
優しくて厳しい人だった。
彼女はこの先に訪れる多くの別れに対する覚悟を、僕に与えてくれた。

187歳▼
ウィンと共にドワーフの国に向かい、アズヴァルドと再会する。
久々に会った鍛冶の師は、やはり大きな存在だった。

188歳▼
アズヴァルドがドワーフの次期国王に内定する。
最も優れた鍛冶師がドワーフの国の王となるというのなら、それは当然の結果であった。
数ヵ月後、フォードル帝国にて、吸血鬼であるレイホンと、レイホンの従僕となっていたフォードル帝国の皇帝を殺害する。

189歳▼
ドワーフの国にて、ドワーフとエルフの交易を実現させる為に動き出す。
夢物語のような話ではあったけれど、協力者は数多い。

193歳▼
ドワーフの国にアイレナが他のエルフを連れてやって来た。
そのエルフの中でも特異だったのが、吟遊詩人のヒューレシオ(エルフ、221歳)と画家のレビース(エルフ、201歳)である。
本当に驚いたのだけれど、彼らはドワーフともすぐに打ち解けた。

195歳▼
ルードリア王国のウォーフィール、ヨソギ流の道場に戻る。
カエハと共に過ごし、彼女の最期までを見届ける為に。
またヨソギ流の当主となったシズキの子、ソウハ(人間、6歳)、トウキ(人間、4歳)と出会う。

196歳▼
ヴィストコートに赴き、クレイアス(享年、65歳)とマルテナ(享年、65歳)の墓の前で、アイレナに会う。
彼女の大切な人間は逝ってしまった。
同じ哀しみを、僕はきっと、そう遠くない将来に味わう。

208歳▼
ウィンが独り立ちを果たす。
大きくなった彼は、僕とは全く違う道を歩むのだろう。
カエハが逝く(享年、64歳)。
とても大切な人だった。

語り出せば、幾ら言葉を積み上げても足りないくらいに。

その後、ルードリア王国を出て、東部を目指す旅に出る。

209歳

危険地帯と呼ばれる人喰いの大沼を抜け、大草原にてバルム族のツェレン（人間、10歳）とシュロ（人間、8歳）に出会う。

少し後、ダーリア族と戦い、炎の子と呼ばれていたジュヤル（人間、13歳）を捕縛し、ジュヤル、ツェレン、シュロの三人に剣を教える。

212歳

ジュヤルが解放されて、ダーリア族へと戻る。

あまりに早い巣立ちだけれど、彼ならきっと大丈夫。

214歳

バルム族と別れてサイアーの背に乗り大草原を旅し、半年かけて東部一の大国、黄古帝国に辿り着く。

黄古帝国の白河州にてジゾウ（地人、40歳）と出会い、商業組合に殴りこむ。

更にジゾウと共に黒雪州に向かい、王亀玄女（仙人、年齢不明）に引き合わされた。

215歳

黄古州にて竜翠帝君（仙人、年齢不明）から黄古帝国の秘密を教えられ、黄金竜と対面する。

黄金竜と対話し、仙人達と交流しながら暫しの時を過ごす。

ハイエルフにとっての古き友、黄金竜は、見た目と担う役割に似合わず、心優しい竜だった。

223歳

黄古帝国を立ち、扶桑の国への船に乗る。

扶桑の国を旅し、辿り着いた央都で、ゴンゾウ（人間、71歳）、ミズヨ（人魚、年齢不明）と知り合う。

更に老練の鍛冶師であるサクジ（人間、69歳）を紹介され、鍛冶技術の交換を行う。

224歳

扶桑樹の上から世界を見る。

長い旅の終点はここで、次は折り返し、ルードリア王国を目指す帰りの旅だ。

黄古帝国からミンタールまでの船で、船長のスイン（人間、34歳）と面識を得る。

トラヴォイア公国、ジャンペモンの町で、ノンナの孫のシェーネ（人間、30歳）、曾孫のアイナ（人間、8歳）と知り合う。

見知った彼女はもう居なかったけれど、変わらぬ物も、そこにはあった。

225歳

ズィーデンのハの森にあるエルフの集落でシーズ（エルフ、62歳）と出会う。

気付けば、エルフですら赤子が少年となるくらいの時間が経っていたのだ。

数週間後、ズィーデンの首都の門を岩山で封鎖し、脅しを掛ける。

226歳

アイレナ達、エルフのキャラバンと再会する。

ズィーデンによる東中央部に起きていた争乱が、解決の方向に向かいだす。

半年後、ルードリア王国のウォーフィール、ヨソギ流の道場の敷地内にある、カエハの墓の前へと戻り、18年掛けた東部への旅を終える。

ヨソギ流道場にてシズキ、トウキ、ソウハと再会し、トウキ、ソウハの子らと知り合う。

中でもトウキの子であるアイハ（人間、10歳）と、ソウハの子であるカイリ（人間、17歳）とは関わりが深くなった。

227歳

ドワーフの国に生産を頼んだ玉鋼が届き、ヨソギ流の鍛冶場にて刀の製作が始まる。

刀の存在がこの地に広まるかは、まだわからない。

229歳

アイハが魔物退治の試練を受ける。

まだ子供である彼女だが、それでも自らの手で、歩む道を切り開いた。

230歳

ヴィストコートのヨソギ流道場にてミズハと最後の面会を果たし、プルハ大樹海へと入る。

子供の頃から知るシズキともミズハとも、次に会う時の彼らは墓の下だろう。

だけど彼らは僕に多くを与えてくれた。

僕はそれを、シズキとミズハを、決して忘れる事はない。

プルハ大樹海の中央、深い森に辿り着き、長老であるサリックス(ハイエルフ、９００歳以上)に再会し、不死なる鳥の所在を聞く。

しかし長老のみが立ち入れる聖域で見つけた不死なる鳥は卵であり、僕は孵化を試みる。

233歳

不死なる鳥の卵が孵る。

卵から出てきたのは、当たり前だが雛であり、不死なる鳥の背に乗って雲の上に行くのは、まだまだ先になりそうだ。

深い森を出て、シグレアを目指す。

ギアティカ、ヴィレストリカ共和国、カーコイム公国を経由し、小国家群トラヴォイア公国、ジャンペモンでシェーネとアイナに再会する。

ジャンペモンには半年程滞在し、アイナとその恋人のビレックに剣を打つ。

234歳

シグレアのマルマロスの町にて、領主であるマイオス・マルマロス(人間、42歳)に短剣を献上し、知己を得る。

マイオス先生に彫刻を教わる事となり、更に彼の息子であるクレトス・マルマロス(人間、14歳)と知り合う。

236歳

クレトス・マルマロスが軍役に出る。

クレトスが身に纏う鎧は、その身を案じるマイオス先生に依頼されて僕が製作した。

彼が無事に帰る手助けになる事を、願う。

少し後、マルマロスの町に殺人事件が連続する。

事件の裏には大理石の確保を巡る教会権力者の影があり、僕はマルマロスの町を出る事となる。

237歳

ラドレニアにて、ビスチェーア大司教の聖堂を砂にして、その後に怒りの形相を浮かべた巨大な石像を精霊の力を借りて出現させた。

その出来に関しては、まだまだ自分の未熟さを感じるばかりだ。

数ヵ月後、ズィーデン南部の開拓村で五年間を過ごす事を決める。

240歳

開拓村にやって来たアイハと再会し、剣を交える。

彼女は自分の、刀を主武器とするヨソギ流の道場を持つ事を目標に定めたらしい。

そこもやはりヨソギ流なのだからと、僕が相談役になるそうだ。

人間の成長は、やはりとても早くて、どんな風に花が開くのかは、子供の頃からは想像もつかない。

242歳

西部の異変を噂に知り、西を目指して旅立つ。

ヴィレストリカ共和国から船に乗り、辿り着いた西中央部の国ジルチアスで、貿易港トムハンスの領主、グレンダ・ヴェルブス(人間、45歳)と知己を得る。

エルフが集まった国、イネェルダに辿り着き、国の代表者となれるエルフを育てる事を決める。

その為の人材を探したところ、レアス(１８５歳)やテューレ(１７０歳)といった若く優秀なエルフ達と知り合った。

五ヵ月後、イネェルダと他国の国境を大きな川で遮り、エルフの国の名をショウと定める。

245歳

テューレを中心としたエルフの農業チームが、シヨウの国の食糧不足をほぼ解決する。

これまで人間と関わって知見を広げたエルフを頼もしいと思った事は何度もあったが、恐ろしいと感じたのはこれが初めてかもしれない。

248歳

シヨウにとって敵対的な隣国であったカザリアにジルチアスが攻め込む。

数ヵ月後、ジルチアスがカザリアを滅ぼし、シヨウを囲む川を利用した水運事業に加わった。

250歳

僕が深い森を出てから、百年が経つ。

252歳

シヨウの国での役割を終え、レアスやテューレに後を任せ、西部へと旅立つ。

数ヵ月掛けて西中央部と西部を隔てる危険地帯、霧の山脈、死の迷宮を踏破し、西部へと辿り着く。

その最中に魔族が遺したと思わしき、動く巨像を発見した。

更に数ヵ月後、熊の氏族の獣人、山羊の氏族の獣人の手助けを受け、多種族が集まった連合軍の拠点がある、クラウースラに辿り着き、ウィンとの再会を果たす。

253歳

ウィンに協力し、西部を支配していた宗教、クォーラム教の聖教主を討つ。

その正体は邪仙の一種、吸精鬼であった。

迎えに来たヒイロの背に乗り、西部を後にして東へ戻る。

十数年掛けた旅路の帰りが数日で終わるのは、どうにも奇妙な気分だ。

東中央部には入らずに、その北にあるドワーフの王国に立ち寄り、アズヴァルドと再会をする。

255歳

アズヴァルドからドワーフの国の王にならないかと言われ、断る。

実に魅力的な提案だったけれども、僕は彼らと友人にはなれても、率いる立場になる訳にはいかない。

そういうのはきっと、僕の役割ではないのだ。

256歳

ドワーフの国にやって来たアイレナと合流し、ヒイロの背に乗り雲の上、巨人の国を目指す。

上を歩ける雲の真ん中で巨大な建造物を登り、巨人のコルデスに出会い、またこの世界を深く知る。

その後、アイレナの目的であった白の湖を発見し、これからの時間は彼女と多く過ごす事を決めた。

262歳

エルフのキャラバンがヴィレストリカ共和国の名家、トリトリーネ家を吸収する。

組織の構成員にエルフだけでなく多くの人間が加わる事で、規模は一気に拡大し、大陸の全ての地域で同胞の支援と取引が始まった。

288歳

西部の戦争が終わる。

ウィンが率いる多種族の連合軍が優勢で人間と講和が成立した。

その後、多種族の連合軍は離脱する種族もあったが、サバル帝国を建国し、初代皇帝の座にはやはりウィンが就いた。

298歳

黄金竜の背に乗り、黒檀竜に乗った南の同胞、リリウムと争う。

南の大陸は焼かれたが、北の大陸に竜の炎が及ぶ事は食い止めた。

301歳

アズヴァルドが死ぬ（享年、２３１歳）。

彼はきっと最期まで彼らしく、クソドワーフだったのだろう。

323歳

ズィーデンを滅ぼしたダロッテと、ルードリア王国の戦争が始まる。

327歳

戦争にはヨソギ流の剣士達も多く参加する事となった。

ルードリア王国がダロッテとの戦争に勝利し、王都の道場、ヨソギ本家が貴族に叙せられる。

道場の相談役であった僕の役割が、一つ、終わった。

きっとこれは祝うべき事なのだろうけれども。

328歳

ヨソギ一刀流の当主、ミナギ・ヨソギ（人間、31歳）からの要請により、高弟であったカシュウを斬る。

351歳

ウィンからの要請で西部のサバル帝国へ向かい、次代の皇帝候補達と顔を合わせる。

しかし皇帝の選定は茶番で、本当の後継者は既に決まっており、その催しの陰に隠れて、ウィンの子であるソレイユ（人間、2歳）を託された。

365歳

ソレイユが大人になり、自分の道を選ぶ。

彼女が選んだ道は、あまりに想定外だったけれど、選んだ道で幸せを掴める事を、僕は願う。

366歳

再生した南の大陸と、そこに至るまでの航路を調査する。

南の大陸の復興が、始まろうとしている。

494歳

南の大陸の復興も一段落したと判断し、北と南の大陸を行ったり来たりする生活は終わり、再びパンタレイアス島での穏やかな暮らしを始める。

500歳

現在の北の大陸、東中央部の状況を把握し、マカツ・ヨソギに会いに行く。


けれど彼は僕の助けを必要とせず、ヨソギの名を捨て、ヴィストコートに根付き支え続ける事を選ぶ。

僕が何かをしなくても、世の中は動き続けていくだろう。

これまでもそうだったし、これからもそうだ。

532歳

エルフのキャラバンの代表者であるケイレルに乞われ、黄古帝国の仙人の一人、長蛇公との会談に同席する。

成長し過ぎつつあるエルフのキャラバンと、黄古帝国との間に協定が結ばれた。

長命種が富を独占し過ぎ、他の芽を摘んでしまわないようにする、協定が。

550歳

何度目かのアズヴァルドの墓参りをする。

彼の墓の前に立つと、不思議とやりたい事を思い付く。

この世界から居なくなってしまった今でも、あのクソドワーフは、僕に導きをくれる師匠だった。

606歳

パンタレイアス島に生まれた子供、瞬間移動の神術を授かって生まれた、パドウィンという名の子供のベビーシッターに雇われる。

とても危なっかしい子供だけれど、折角生まれた隣人だ。

怪我をしないように、ちゃんと面倒を見てあげよう。

620歳

ラドレニアのカウゼル法王との交渉が上手くいく。

これでパドウィンが教会に狙われる事はなくなり、彼は選びたい未来を選べるだろう。

その未来の為ならば、対価はまぁ、安い物だ。

632歳

マルマロス伯爵家が没落し、マイオス先生の遺作がオークションに掛けられると聞いて、懐かしいマルマロスの地へと向かう。

……でもマイオス先生が遺した作品は、恥ずかしい事に僕の姿を模した物だった。

流石に、それを買うような真似はしなかったけれど、四百年分の積み重なった想いは、受け取れたような気がしてる。

734歳▼

アイレナが逝く（享年、724歳）。

彼女は、最期まで変わり者のエルフで、そして皆に愛された。

もちろん、僕だって愛してた。

パンタレイアス島は、アイレナ島へと名を変えて、僕は細かく時を数える事を、やめる。

もう時を数えずとも、その時間感覚に合わせていかなきゃならない人は、居ないから。

それでも、僕は僕らしく、ハイエルフとして生きる残りの時間を過ごすだろう。

1000歳▼

多分、千歳。恐らく、千歳くらい。

ハイエルフの故郷、深い森に戻ってた僕は、その聖域にて、肉体を脱ぎ捨て、精霊となる。

この世界に生まれて、過ごした千年という時間は、とても楽しい時間だった。

あとがき

いつもありがとうございます。

らる鳥と申します。

こちらは『転生してハイエルフになりましたが、スローライフは120年で飽きました』の八巻、最終巻となります。

最終巻ですよ。

無事に終わる事ができました。

という訳で今回はあとがき長いので、まずお酒の話をさせてください。


前回はファンタジーらしいお酒って事で、エリクサーの話をしたと思うんですが、今回もファンタジーらしいお酒です。

それも最終巻だし、この日本の、ファンタジーなお酒です。

昔話、神話で、お酒を飲んで酔って倒された怪物って、色々といますよね。

例えば大江山の鬼、酒呑童子(しゅてんどうじ)は、神便鬼毒酒(しんぺんきどくしゅ)ってお酒を飲んで寝てるところを、首を刎ねられて討ち取られたのだとか。

　でもこの酒呑童子以上に有名な、お酒を飲んで討ち取られた怪物が、ヤマタノオロチです。

　スサノオノミコトがとある場所で、クシナダヒメという美しい少女に出会います。

　でもクシナダヒメはヤマタノオロチという怪物の生贄にされそうになっていました。

　ヤマタノオロチは年に一度やって来ては、クシナダヒメの姉妹を食べていて、今年はクシナダヒメの番だというのです。

　そこでスサノオノミコトは、クシナダヒメを（嫁に）くれるならヤマタノオロチは倒してやると言って、実際に倒します。

　その倒した方法が、ヤマタノオロチに酒を飲ませて、酔っぱらって寝込んだところを剣でずたずたに斬り裂いて倒したそうです。

　ちなみにその時、斬り刻んだ尾の一つに硬いものが当たり、剣が欠け、不思議に思って斬り裂けば、中から見事な名刀が出てきました。

　この剣は天叢雲剣（あめのむらくものつるぎ）、或いは草薙剣（くさなぎのつるぎ）と呼ばれます。

　三種の神器の一つですね。

　しかしここで凄いのは、まぁ、剣もそれはそれで凄いんですが、一先ず置いといて、ヤマタノオロチのような怪物を眠らせてしまうお酒です。

　この酒は、八塩折之酒（やしおりのさけ）という名前なのですが、……シンゴジラでも、ゴジラを倒す作戦名がヤシオリ作戦だったりしましたね。

今日紹介するのは、この八塩折之酒です。

はい、要するに伝説上のお酒なんですけどね。

この八塩折之酒を再現したお酒は、実は今も販売されてます。

僕が飲んだのは、國暉酒造さんの、八塩折 紫。

國暉酒造さんの八塩折は幾つか種類がありますが、紫はその中の一つですね。

本当に、物凄い甘いです。

他のお酒のどれにも似てないので、全く表現に困るんですが、國暉酒造さんのＨＰには『濃厚に練られたカラメルのような香りと味わい』、これはぴったりくる表現だと思います。

色んな意味で、他にない体験ができますので、お気が向かれましたら、一度探して口にしてみてください。

ヤマタノオロチが倒されるくらいに飲み過ぎた理由が、わかるかもしれません。

甘党だったのかな？

この国の、ファンタジーなお酒、八塩折でした。


よし、お酒の話が終わったので、七巻の振り返りもやっていきましょう。

あぁ、でも、今回は最終巻なので、八巻の振り返りも、ここでやってしまいます。

できれば、本編読んでから、続きは読んで下さいね。

まず七巻の一章は、世界の終わりは突然に。

最終回っぽいタイトルです。

エイサー以外に前世の記憶を持ったハイエルフがいて、それが発端となった災厄の話は、ずっと書く心算でした。

南大陸の不穏な動きとか、巨人が『森を出たハイエルフ達』って言ってたりとか、ポツポツ示唆はしてたと思います。

前世の記憶を持っていても、世界を愛して、自分はこの世界にとっての異物じゃないと思えるようになったエイサーですが、それは出会いに恵まれたから。

もしも出会いに恵まれず、ボタンを掛け違うように、悲劇に見舞われ続ければ、一体どんな道を選んでいたのでしょう。

二章は、人斬り。

ヨソギ流の相談役としてのエイサーの話です。

というか、刻々と変化していく世界の話でもあります。

以前の、色々な国を旅していた頃のエイサーと、パンタレイアス島で暮らし始めてからのエイサーは、人の世界との関わり方が少し変わっています。

元々、少しずつ変化を重ねてはいましたが、アイレナが隣に居てくれるようになった事は、きっと大きかったんでしょうね。

三章は、西に咲いた太陽の花。

これはウィンが築いたサバル帝国での陰謀劇……、を装ってはいますが、四章の前振りです。

四章は、東に咲いた太陽の花。

ウィンの娘、ソレイユの話です。

ここで書きたかったのは、子供という存在に対する、エイサーの振る舞いの変化ですね。

ウィンの頃はこうだった。

しかしソレイユに対してはこうしてる。

何故、その変化があるのかと言えば、エイサーが長い時間を掛けて成長したからでしょう。

五章は、海を越えたその先に。

アイレナと一緒に南の大陸を目指す話ですね。

二章、三章はエイサーは一人で目的地を目指しましたが、この章ではアイレナと一緒です。

するとやっぱり、行動も少しばかり違ってきますね。

七巻は、こんな感じでしょうか。

次は八巻ですね。

八巻の一章は、得ず、与えず、されど何かが残る旅路。

これ、章タイトルのままなんですが、エイサーが変化した世界を歩いて、だけどあまり何もしない話です。

エイサーが何かをしなくても、世界は動きます。

当たり前の事なんですが、たまに忘れてしまいそうになるので、それを確認する話でしょうか。

二章は、最も金に詳しい人。

出て来るのが長命種ばかりで、普通の人とは違う視点で世界を見る話です。
それから、ソレイユとの再会ですね。
三章は、流れる時と美味い酒。
この章では、流れていく時を書きたかった感じです。
まぁずっとそうなんですけどね。
物語の終わりに向かって、流れる時です。
四章、エピローグ。
話の終わりです。
この終わり方は、結構最初の頃から書きたいなって思ってました。
ただ辿り着けるかはわからなかったんですが、無事にここまで来れました。
エイサーという時間の終わり。
でもエイサーはクソエルフですので、ね。
今回、カバー表紙は一度外して中を見て貰えたらなって思います。

はい、『転生してハイエルフになりましたが、スローライフは120年で飽きました』の物語は、今回で終わりたいと思います。
担当編集の佐藤さん、イラストを描いて下さったしあびすさん、漫画を担当して下さってる成田コウ先生、それからここまで読んで下さった皆様。

多くの方のお陰で、ハイエルフの千年は過ぎました。

とても嬉しい気持ちでいっぱいです。

ありがとうございました。

思い返せば、割とあっという間でしたねぇ……。

らる鳥は、まだまだ文字を並べていくとは思いますので、ご縁がありましたらまたお会いできるかもしれません。

そうなったらいいなぁ。

もちろん、漫画の方ではエイサーの活躍はまだまだ見られると思いますので、どうぞよろしくお願いします。

何度も繰り返しになってしまいますが、ここまでお付き合いくださって、本当にありがとうございました。

あとがき

この度「転生してハイエルフになりましたが、スローライフは120年で飽きました」最終巻
発売おめでとうございます!

最終巻ということでまずは...僕のあとがき含めここまで読んでくださり、ありがとうございます!
1巻が発売されてからもう2年が経ちますね...この間いろんなことがありすぎてあっという間でした。
書籍のイラストを担当するのは本書が初めてでして、もう最初はドキドキしながら描かせていただいておりました。白黒のイラストを手掛けるのも初めてで、トーンという単語も恥ずかしながら2年前にその存在を知ったのも今となってはいい思い出です。
この作品を通じて色んな出会いに恵まれまして、僕にとっても世界が広まったように感じます。

それではこのあたりで失礼致します。
ここまで読んでくださった読者様、本書を刊行するにあたって関わられた方々!

ありがとうございました!!

ciavis

転生してハイエルフになりましたが、スローライフは120年で飽きました

-Highelf with a long life-

原作 らる鳥・しあびす　漫画 成田コウ

魔術の国・オディーヌ。
エイサーはそこで、魔術を学び、
カウシュマンとの友情を得た。
そして魔術師となったエイサーは、
次はハーフエルフの子供を迎えに、
ザインツでアイレナと合流する。

コミックス第❸巻、
大好評発売中!!

人間とエルフの間にできた子、
ハーフエルフのウィンを養子として引き取ることにしたエイサー。
ハイエルフ・エイサー、父親になる――!?

〈竜王〉〈真祖〉
〈愛欲の魔王〉
〈九尾の狐〉…etc

皆が慕ってきて!?

…最高レベルに育て上げた
伝説級モンスターを従え、

君臨!

A book of monsters for
The demon master

転生してハイエルフになりましたが、スローライフは120年で飽きました 8

発行 ―――― 2023年5月15日　初版第1刷発行

著者 ―――― らる鳥

イラストレーター ―――― しあびす

装丁デザイン ―――― 石田 隆（ムシカゴグラフィクス）

発行者 ―――― 幕内和博

編集 ―――― 佐藤大祐

発行所 ―――― 株式会社アース・スター エンターテイメント
〒141-0021　東京都品川区上大崎 3-1-1
目黒セントラルスクエア　7F
TEL：03-5561-7630
FAX：03-5561-7632
https://www.es-novel.jp/

印刷・製本 ―――― 図書印刷株式会社

ISBN 978-4-8030-1787-8